# Властелин мира

Александр Р. Беляев

**Властелин мира**



ISBN: 979-8-88942-232-7

# ВЛАСТЕЛИН МИРА

## Часть первая

### I

### Кандидат в Наполеоны

— Не брызгайте мне на платье, Штирнер! Вы не умеете грести.

— Ну конечно! Женщины, отправляясь кататься на лодке, имеют обыкновение надевать платье из такой материи, на которой брызги воды оставляют неизгладимые пятна.

— Эту остроту вы позаимствовали у Джерома Джерома, из его рассказа "Трое в лодке"?

— Вы очень начитанны, фрейлейн. Я не виноват в том, что это наблюдение Джером сделал раньше меня. Истина остается истиной, хотя бы в лодке ехало и не четверо, а пятеро.

— Нас только четверо! — отозвалась со своей скамьи Эмма Фит.

— Прекрасная златокудрая кукла, — ответил Штирнер, — четвертым пассажиром в лодке Джерома была собака; первым в нашей лодке является мой Фальк...

— Почему первым?

— Потому что он гениален. Фальк! Подай носовой платок фрейлейн Фит — видишь, она уронила его?

Фальк, красивый белый сеттер, ловко прыгнул и подал платок.

Все засмеялись.

— Вот видите! — самодовольно сказал Штирнер. — Фрейлейн Глюк, выходите за меня замуж! Мы откроем с вами бродячий собачий цирк. Я в рыжем парике клоуна стану показывать чудеса дрессировки, а вы будете сидеть у кассы. Только представьте себе эту идиллию: публика валит к нам валом, собаки танцуют, в кассе шелестят деньги... А после сеанса мы пируем за столом в обществе прелестнейших, преданнейших четвероногих друзей. Великолепно! Это гораздо веселее, чем работать у Карла Готлиба.

— Благодарю вас, но я не люблю бродячей жизни.

— Гм... При вашем капитале для вас я слишком ничтожная партия?

— При моем капитале?.. — с недоумением спросила Эльза Глюк.

— Почему же вы удивляетесь? Вы притворяетесь, будто не знаете своего капитала. Ваши чудесные волосы тициановской Венеры... Ведь это натуральный цвет? Не делайте возмущенное лицо, я знаю, что натуральный. А тициановские женщины, было бы вам известно, красили волосы особым составом. Где-то даже сохранился рецепт этого состава. Ну вот, видите. Мировые красавицы, вдохновлявшие кисть Тициана, искусственно создавали то, что щедрая природа отпустила вам без предъявления рецепта... А ваши синие, как небесная бездна, глаза! Уж они, конечно, не искусственно окрашены...

— Перестаньте...

— Ваши зубки — жемчужное ожерелье...

— Потом следует описание коралловых губок, не так ли? Можно подумать, что вы не секретарь скучного банкира, а коммивояжер ювелирной фирмы. Так я же вам отплачу, несносный, за эти ювелирные комплименты! А ваше длинное лицо, ваш длинный нос, ваши длинные волосы, ваши длинные руки, они, конечно, настоящие?..

— А вам больше по душе все круглое? Вот этакое круглое лицо, как у Отто Зауера. Круглые глаза и, быть может, круглый капиталец через десяток лет...

— Вы договорились до пошлости, — с недовольством в голосе произнесла Эльза Глюк.

— Пожалуйста, не считайте капиталы в чужих карманах, — отозвался Зауер, юрисконсульт банкира Готлиба. Зауер был не в духе во время разговора Штирнера с Эльзой и молча рассекал длинными веслами воду, розовевшую в закатных лучах солнца.

Штирнер почувствовал, что он действительно зашел далеко в своих остротах, и стал говорить более серьезно.

— Простите, я никого не хотел обидеть. Я только хотел сказать, что в любви, как и во всем, существует тот же закон борьбы за существование: побеждает сильнейший. Самцы-олени бьются смертным боем, и рогатая четвероногая самка достается победителю. А кто сильнейший в нашем обществе? Тот, кто владеет капиталом. Представьте себе, фрейлейн, — обратился Штирнер к Эльзе, — что я стал бы вдруг богат, как Крез, нет, еще богаче — как уважаемый патрон Карл Готлиб, — тогда мое лицо в глазах женщины, наверно, показалось бы уж не таким длинным?

— Еще длиннее! — смеясь, ответила Эльза.

— Э! — недовольно произнес Штирнер. — Это оттого, что с вашим капиталом красоты вы и среди готлибов вольны выбирать себе по вкусу. А что остается делать нам — мелкой сошке, всяким секретарям и секретаришкам, которые близко стоят у стола пиршества, но принуждены только подбирать падающие крохи, глотать слюну, видя, как другие упиваются всеми благами жизни?

— Какие у вас некрасивые слова, Штирнер! — сказала Фит.

— Простите, я обращу серьезнейшее внимание на свой лексикон... Честность, — продолжал Штирнер, — вот наш порок, которым пользуются стоящие над нами. Гейне как-то сказал: "Честность — прекрасная вещь, если кругом все честные, а я один среди них жулик". Но так как кругом — о присутствующих, конечно, не говорят — тоже сплошные жулики, то, чтобы овладеть счастьем, — и он многозначительно посмотрел на Эльзу Глюк [по-немецки "глюк" — счастье], — надо, очевидно, стать таким сверхжуликом, по сравнению с которым все остальные жулики казались бы добродетельными людьми.

— Что-то вы, Штирнер, сегодня неудачно развлекаете дам, — опять вмешался в разговор Отто Зауер. — Теперь ваши шутки приобретают слишком мрачный оттенок...

— А? — машинально спросил Штирнер, вдруг понурил голову и замолчал. Лицо его стало старческим. Глубокая складка легла меж бровей. Он казался погруженным в глубокую думу, как будто разрешал какой-то трудный вопрос. Фальк положил одну лапу ему на колено и внимательно смотрел в лицо.

Весла неподвижно лежали в руках Штирнера, с них беспрерывно стекали капли воды, красные, как кровь, в лучах заходящего солнца.

Эльза Глюк, глядя на сразу постаревшее лицо Штирнера, вдруг вздрогнула и, как бы ища помощи, обратила свой взор на Зауера.

Вдруг Штирнер сильно ударил веслами о воду, бросил их и расхохотался.

— Послушайте, фрейлейн Эльза, а что, если бы я стал могущественнейшим человеком на земле? Если бы одному моему слову, одному жесту повиновались все, как повинуется Фальк?.. Фальк! Пиль! — крикнул Штирнер, бросая в воду стек. И Фальк стрелой кинулся за борт лодки. — Вот так! Если бы я стал властелином мира?

— Знаете, Штирнер, — сказала Эльза, — у вас молодое, но

ужасно старомодное лицо. Такие лица встречаются среди фотографий в семейных альбомах. И о них обыкновенно говорят так: "А вот это дедушка в молодости". Вы вот точь-в-точь такой же "дедушка в молодости". Нет, в наполеоны вы решительно не годитесь! Разве биржевой наполеончик из вас выйдет.

— Ах вот как? В таком случае я лишаю вас короны, дворца, золотой кареты, бриллиантового ожерелья и всех ваших придворных пажей и статс-дам. Я лишаю вас моей милости. И знайте, что я вас совсем не люблю. Не подумайте, что я собирался совершать подвиги, как средневековый рыцарь, только для того, чтобы удостоиться получить вашу руку и сердце. Совсем нет! Вы для меня лишь мерило моих достижений. Первая ставка — не больше, вот вам!

— Ну что же! А пока не угодно ли вам приналечь на весла? Пора домой.

Штирнер втащил в лодку мокрого Фалька, который, встряхнувшись, окатил всех брызгами. Глюк и Фит вскрикнули.

— Пропали ваши водобоязненные платья, — сострил Штирнер, сильно налёгая на весла.

Лодка быстро поплыла вниз по течению. Солнце скрылось за лесом. Вверху река сверкала, как расплавленное золото, вокруг лодки легли уже синие тени. Потянуло сыростью. Эмма накинула на плечи пушистый платок.

Все замолчали. Зеркальная поверхность реки была неподвижна. Изредка мелкая рыбка прорывала спокойную гладь, сверкнув по поверхности чешуей.

— Я не знал, что вы так честолюбивы, Штирнер, — прервал молчание Зауер. — Скажите, что же тогда заставило вас бросить ученую карьеру и перейти к нам в число скромных служащих Готлиба? Ведь, если не ошибаюсь, вы довольно успешно работали в области изучения мозга, и я даже встречал в газетах несколько заметок о ваших удачных опытах... Как называется эта молодая наука, которой вы тогда увлекались? Рефлексология?

— Я очень смутно представляю, что это за наука, — сказала Эльза.

— Милостивые государыни и милостивые государи! — начал Штирнер таким тоном, будто он читал лекцию в избранном обществе. — Рефлексология есть наука, изучающая ответные реакции человека и вообще всякого живого существа, возникающие в связи с воздействием внешнего мира и характеризующие собою вообще все отношения живого существа к окружающей среде. Понятно?

— Совершенно непонятно, — ответила Эмма.

— Постараюсь выразиться проще. Рефлекс есть передача нерву возбуждения с одной точки тела на другую через посредство центра, то есть мозга. Каждое воздействие извне через органы чувств, путем рефлекса через центр, вызывает к деятельности те или иные органы тела, иначе говоря, вызывает реакцию. Ребенок протягивает руку к огню. Огонь жжет. Это воздействие огня на кожу передается нервами в мозг, а от мозга идет к руке ответная реакция: ребенок отдергивает руку. Представление об огне связывается у ребенка с представлением о боли. И всякий раз, когда ребенок видит огонь, он начинает боязливо отдергивать руку. Получилось то, что мы называем по-ученому условным рефлексом... Приведу более сложный пример. Вы даете собаке есть и одновременно, каждый раз, когда она ест, играете на флейте. Обед с музыкой. Во время еды у собаки обильно отделяется слюна. Через некоторое время, когда игра на флейте тесно свяжется в сознании собаки со вкусовыми ощущениями, вам довольно будет заиграть на флейте, как у собаки начнет усиленно выделяться слюна. Условный рефлекс!.. И подумать только, что самые "святые" чувства человека, как долг, верность, обязанность, честность и даже знаменитый кантовский "категорический императив", являются условными рефлексами совершенно такого же порядка, как и выделение собачьей слюны! Процесс создания таких рефлексов сложнее, но существо то же. При таком научном освещении, признаюсь, все эти высокие добродетели не возбуждают во мне особого почтения... Вот поэтому-то мне подчас и кажется, что кому-то выгодно это слюнотечение добродетели, кто-то играет на флейте религии, морали, долга, честности, а мы, глупые, распускаем слюни. Не пора ли бросить весь этот старый хлам и перестать плясать под дудку старой морали?..

Зауер решил изменить разговор и вновь задал Штирнеру вопрос, почему он оставил ученую карьеру.

— Вы так много знаете, Штирнер, — сказал он. — Быть может, на ученом поприще вы скорее достигли бы известности и всяческих успехов.

— А вот почему оставил я ученую карьеру, уважаемый Зауер, — ответил Штирнер с лукавой искоркой в глазах. — Я анатомировал около тысячи человеческих мозгов и, представьте, нигде не нашел ума. И я решил, что с мозгами гораздо приятнее иметь дело, когда они лежат, хорошо зажаренные, на обеденном столе нашего добрейшего патрона.

— Какие гадости вы опять говорите! — услышал Штирнер за собой голос Фит.

— Тысячу извинений! Но уверяю вас, что наш Готлиб не питается человечиной. Разве только иносказательно, ха-ха! Я чувствую, например, что завтра утром он скушает банкирский дом "Тёпфер и KR"... Я же хотел только сказать, что средневековым властителям хорошо было заниматься наукой, когда у них под руками были горы всякой снеди и бочки вина. А теперь... вот я и Зауер всего только скромные служащие банкира, и даже вы, прекраснейшие фрейлейн, его машинистка и стенографистка, получаете больше, чем молодой доктор великолепнейших наук. Как видите, я откровенен. Не я первый и не я последний предпочел чечевичную похлебку будущим благам первородства. Впрочем, как знать? В школе нас учили, что прямая линия — кратчайшее расстояние между двумя точками. Но ведь вся эта математика — сущая абстракция. В реальном мире нет прямых линий... Стоп! Вот мы и приехали. Ну а теперь, — обратился он к Эмме Фит, — дайте мне вашу руку и позвольте проводить до станции...

Штирнер и Фит ушли вперед.

Зауер расплатился за прокат лодки и под руку с Эльзой медленно направился к железнодорожной станции.

Стемнело. Небо усеяли звезды. Дорога была безлюдна.

— Смотрите, как мерцают звезды! Вероятно, наступит ненастье... — сказал Зауер.

— Да, но мы успеем добраться, — ответила Эльза.

— Вы довольны нашей прогулкой, Эльза?

— Не слишком ли фамильярно вы зовете меня? — улыбаясь, спросила Эльза и, не давая Зауеру говорить, продолжала: — Ну, не оправдывайтесь. Я была бы довольна, если бы не этот несносный болтун Штирнер. Бывают же такие пустые люди! Трещит как сорока, никому не дает вымолвить слова. И какие претензии!

— Да, болтун... — задумчиво сказал Зауер. — Но я бы вам посоветовал, Эльза, быть осторожнее с этим болтуном.

Эльза удивленно посмотрела на Зауера.

— Разве я была с ним неосторожна? — И, рассмеявшись, она воскликнула: — Нет, Отто, вы просто ревнуете меня! Но не рано ли? Я вам еще не дала слова. Могу и передумать.

— Вот вы пошутили, а у меня сердце сжалось... Болтун! Конечно, болтун, но он себе на уме. Вы слышали, что он говорил про честность да про кривые линии? Это опасная философия. И я, право, боюсь его, боюсь за вас и за нашего старика Готлиба... Этот болтун говорит неспроста. В его словах что-то есть. Что он замышляет? Я не удивлюсь, если он совершит что-нибудь ужасное...

Эльза вспомнила сосредоточенное, вдруг постаревшее лицо Штирнера, освещенное багровым лучом заходящего солнца, и ей опять стало жутко. Она невольно сжала крепче руку Зауера.

— И ведь как вкрался он в доверие к Готлибу! Тот его теперь ни на шаг не отпускает, переселил к себе в дом... Вечерами Штирнер забавляет старика своими дрессированными собаками...

— Надо отдать ему справедливость, Отто, его собаки изумительны.

— Я этого не отрицаю. Его собаки превосходят все известное в области дрессировки животных. В особенности этот Фальк.

— А его черный пудель, — вспомнила Эльза, — который умеет считать, узнает любую букву алфавита, угадывает без слов все его приказания. Мне иногда жутко делается...

— Да, будто сам черт сидит в этом пуделе. Возможно, что Штирнер умен и талантлив. Но талантливое зло опаснее вдвойне. — И Зауер значительно посмотрел на Эльзу.

— Обо мне вы не беспокойтесь, Отто. На меня его чары не действуют. Мне он был просто безразличен. Но после сегодняшнего вечера, когда я увидела его лицо... Я не знаю, как выразить это... Впрочем, может быть, мы несправедливы к нему. Что это?.. Ах!..

Из темноты бесшумно появился Фальк и, взяв зубами за край платья Эльзы, с веселым ворчаньем потянул ее вперед.

Зауер рассердился на собаку и стал гнать ее. Но Эльза рассмеялась:

— Вы, кажется, становитесь суеверным, Отто. Штирнер, очевидно, прислал Фалька предупредить нас, чтобы мы поторопились.

## II

## Под колесами поезда

Дверь из кабинета открылась, и на пороге показался банкир Карл Готлиб в сопровождении личного секретаря Людвига Штирнера.

Утреннее солнце, заливавшее всю комнату через стены из сплошного стекла, заиграло на золотых очках Карла Готлиба. Банкир сощурил глаза и улыбнулся. Ему было около шестидесяти лет, но никто не дал бы ему столько, видя его белое, свежее лицо с румянцем во всю щеку. Гладко выбритый, пахнущий дорогим мылом, хорошими сигарами и духами, всегда довольный, веселый и живой, он воплощал в себе житейское благополучие.

— Ну, как прошла ваша загородная прогулка? — спросил он, пожимая по очереди руки Глюк, Фит и Зауера. — Весело? Много наловили рыбы? Погода была прекрасная, не правда ли? Будьте так любезны, Зауер, отправить вот эти телеграммы.

Биржевой бюллетень получен? Как сегодня курс доллара? Так... так... Хлопковые акции? Идут в гору? Великолепно. Опротестуйте вот эти векселя банкирского дома "Тёпфер и КR". Я не могу делать дальнейших поблажек. Вы сегодня прекрасно выглядите, фрейлейн Фит... А вы о чем-то мечтаете, фрейлейн Глюк? Хе-хе!

И он с лукавым видом погрозил ей пальцем:

— Я, кажется, догадываюсь. Весна несет с собой опасные бациллы. Да-а!

Поправив букетик фиалок в петличке черного сюртука, он посмотрел на часы и сказал:

— Сейчас десять часов. Поезд отходит в десять сорок пять. Я уезжаю и буду обратно в два часа пятнадцать минут. Еду принимать завод. Мы со Штирнером живо покончим с формальностями. Кстати, проветрюсь, засиделся... Машина подана? Идем, Штирнер!

И, мягко ступая, банкир Готлиб вышел, крикнув уже за дверью:

— Где же вы, Штирнер?

— Сию минуту! — Штирнер быстро прошел в смежную комнату и крикнул: — Фальк! Брут!

Навстречу ему с веселым лаем выбежали две собаки:

сеттер, бывший на прогулке, и Брут — огромный дог тигровой масти.

Проходя мимо Глюк, Штирнер склонил голову набок и насмешливо спросил:

— Вы еще не решили?

— Чего?

— Выйти за меня замуж...

Громко рассмеявшись, он бросился со своими собаками догонять патрона.

Эльза нахмурилась. Зауер что-то проворчал, сидя за своим столом.

За окном прошумел отъезжающий автомобиль.

В комнате наступило молчание. Фит трещала на пишущей машинке, Зауер нервно перелистывал какие-то бумаги.

— Собачник! — вновь тихо проговорил он.

— Что вы там ворчите? — окликнула его Глюк.

— Везде со своими собаками! — ответил Зауер. — Не могу выносить этого кривляющегося господина! Вчера еще говорил о Готлибе, что он чуть ли не питается человечиной, намекая, очевидно, на строгость Готлиба к должникам, а сегодня, видали? Так и юлит около патрона. В глаза смотрит не хуже Фалька!.. Вы думаете, зачем он собак взял? Будет развлекать ими старика на лоне природы...

— Вы, кажется, становитесь придирчивым, Зауер! — сказала Эльза. — А Тёпфера и KR Готлиб скушал — Штирнер угадал...

— Сам же и убедил Готлиба, чтобы тот предъявил векселя ко взысканию, в этом нет сомнения, — хмуро ответил Зауер.

— Зауер просто ревнует! — пропела Фит, улыбаясь.

— Будьте добры переписать эту ведомость! — сухо сказал Зауер, передавая Фит бумагу.

Фит посмотрела, как провинившийся ребенок, и робко ответила:

— Пожалуйста!

Машинка затрещала. Все погрузились в работу, прерываемую звонками телефона.

Около одиннадцати часов раздался новый телефонный звонок. Не отрываясь от делового письма, Зауер привычно слушал телефон.

— Алло! Да, да... Кабинет личного секретариата банкира Карла Готлиба. Что такое? Не слышу! Говорите громче! Случилось? Что случилось? Как? Не может быть!..

Самопишущее перо выпало из рук Зауера. Лицо его побледнело. В голосе послышались такие нервные ноты, что

Глюк и Фит бросили работу и с тревожным любопытством следили за ним.

— Попал под поезд?.. Но как же так?.. Извините, но это вполне понятное любопытство!.. Так... так... слушаю... так... Все будет сделано!..

Зауер положил трубку телефона и, проведя рукой по волосам, встал из-за стола.

— Что случилось, Зауер? — с тревогой спросила Фит, поднимаясь. — Кто попал под поезд? Да говорите же скорей!

Но Зауер опять уселся в кресло и сидел молча.

— Да... Я ожидал чего-нибудь в этом роде, — сказал он после паузы и, нервно поднявшись, быстро заговорил: — Мне только что сообщили по телефону, что Карл Готлиб попал под поезд..

— Но он жив? — спросили одновременно Фит и Глюк.

— Подробности неизвестны...

— Хорошие подробности! — сказала Фит. — Жив человек или нет?

— Я просил объяснить происшедшее, но мне ответили, что теперь не до объяснений... Надо срочно приготовить кровать и вызвать врачей.

— Значит, он жив? — сказала Глюк.

— Может быть... — Зауер нажимал кнопки электрических звонков, вызывая лакеев, отдавал распоряжения, звонил к врачам...

В доме поднялась суматоха. Прибежала встревоженная экономка.

Готлиб был одинок, и все его хозяйство вела "домоуправительница", как ее звали, чистенькая старушка фрау Шмитгоф.

Она была так потрясена, что Эльзе пришлось ухаживать за ней.

Послышался гудок подъехавшего автомобиля.

— Доктор! — вскрикнула Фит.

— Нет, это рожок нашего автомобиля, — ответил Зауер. — Ганс, идите скорее к подъезду!

Лакей Ганс быстро вышел, семеня больными ногами.

В комнате сгустилось напряженное ожидание. Фрау Шмитгоф, полумертвая от страха и волнения, сидела в кресле, тяжело дыша. Из отдаленных комнат послышался тяжелый топот ног, сбивающихся с шага.

— Несут... — прошептала Фит. — Хоть бы он был жив...

Двери широко распахнулись.

Четыре человека несли обезображенный, окровавленный труп Карла Готлиба.

Шмитгоф истерически вскрикнула и упала в обморок.

У Готлиба были отрезаны ноги выше колен.

Пятый человек, в форме железнодорожного служащего, нес какой-то тюк. Фит и Глюк узнали плед Готлиба. Из-под распахнувшегося края пледа выглядывал лакированный ботинок банкира.

"Ноги. Это его ноги... Какой ужас! — подумала Глюк. — Но зачем их несут? Зачем они теперь нужны ему?" — промелькнула нелепая мысль.

Черты Готлиба мало изменились, но лицо было необычайной белизны, как лист бумаги.

"От потери крови!" — подумала Эльза.

И еще одна подробность поразила ее: в петличке черного сюртука Готлиба сохранился букетик фиалок. Почему-то этот цветок на груди мертвеца необычайно взволновал Эльзу.

Печальная процессия проследовала через кабинет в спальню Готлиба, оставляя на паркете капли крови.

Следом за трупом Готлиба шел Штирнер. Лицо его было бледнее обыкновенного, но спокойно. Он осторожно обходил капли крови на паркете, чтобы не наступить на них, с таким видом, как будто это были дождевые лужи среди дороги.

За ним по пятам шел Фальк. Нервно расширенными ноздрями собака обнюхивала капли крови.

Глюк с непонятным ей самой ужасом посмотрела на Штирнера. Он встретил ее взгляд и, как ей показалось, улыбнулся одними глазами.

Вернувшийся из спальни Зауер подошел к Штирнеру и, глядя ему испытующе в глаза, спросил:

— Как это случилось?

Штирнер выдержал и этот взгляд — только брови его пошевельнулись — и спокойно ответил:

— Я не был очевидцем. Готлиб просил меня отправить срочную телеграмму. Это отняло у меня всего пять минут, не больше. А когда я вернулся, все было кончено. Очевидцы говорят, что моя собака, Брут, испугалась паровоза и, метнувшись в сторону, попала под ноги Готлибу. Старик не устоял на ногах и упал с дебаркадера на рельсы вместе с собакой. Брута разрезало пополам, бедная собака!.. А Готлибу отрезало ноги...

— Вы жалеете только собаку?

— Не говорите глупостей, Зауер. И не придавайте слишком большого значения официальным способам выражения "душевного прискорбия". Готлиб был славный старикашка, и мне жалко его. Но отсюда не следует, что я не могу выразить сожаления о гибели четвероногого друга.

— Как странно!.. — задумчиво проговорил Зауер, как бы придавая особый смысл своим словам. — Готлиб погиб от Брута!

— Мой Брут не человек, а собака, и Готлиб не Цезарь, а банкир, — ответил Штирнер, насмешливо улыбаясь, и прошел в спальню Готлиба.

## III

## Два завещания

Весть о трагической кончине Карла Готлиба, крупнейшего банкира Германии, взволновала весь коммерческий мир. Кабинет банкира был одним из нервных узлов финансовой и промышленной жизни страны. Готлиб финансировал не только банки, но и крупную промышленность. Немудрено, что неожиданная смерть Готлиба явилась событием дня. Газеты обсуждали возможные последствия этой кончины для тех или иных кредиторов, гадали об изменявшемся соотношении финансовых сил и о судьбе банка, потерявшего своего главу. Задавался вопрос: станет ли кто-либо на место Готлиба, или банк будет ликвидирован. Газетные корреспонденты осведомляли читателей о наследниках — родственниках Готлиба: младший брат покойного, землевладелец Оскар Готлиб, имеет сына Рудольфа двадцати четырех лет и четырех дочерей. Какая-то газета высчитала даже, какой капитал придется на долю молодого человека и богатых невест, хотя точно никто не знал, как велико было имущество.

Коммерсанты волновались, газеты шумели, а в доме Карла Готлиба заканчивался последний акт трагикомедии человеческой жизни.

В доме уже распоряжались на правах законных наследников экстренно вызванные Оскар Готлиб, красный, загорелый, неповоротливый человек, и его веснушчатые лопоухие дети.

Оскар Готлиб хмурился и поджимал губы. Возможность разбогатеть зажигала искорки в его прищуренных глазах. Но чувство такта и отчасти искреннее сожаление о потере брата делали его сдержанным. Зато его дети ликовали открыто, без удержу предаваясь сладкому предвкушению обладания богатством. Сын Рудольф, Луиза и Гертруда — старшие дочери Оскара — ходили из комнаты в комнату, осматривали картины, трогали дорогие безделушки, присаживались на мягкие кресла, ощупывали руками материю, делили вещи между собой, спорили, смеялись, строили планы...

Изуродованное тело Карла Готлиба, вместе с отрезанными ногами, похоронили в дорогом склепе тяжеловесной архитектуры. Следующий за похоронами день назначили для вскрытия завещания.

Акт этот был обставлен довольно торжественно. Были приглашены и некоторые служащие Карла Готлиба, в том числе Зауер, Штирнер, Глюк и Фит.

Штирнер со скучающим видом сидел за письменным столом и рисовал на листе бумаги собак.

— Послушайте, вы секретарь моего покойного дядюшки? — окликнул его Рудольф Готлиб. — Будьте так добры, проводите меня в верхний этаж, я хочу осмотреть...

Штирнер молча надавил кнопку звонка на столе. В дверях показался лакей.

— Ганс, проводите господина Готлиба-младшего в верхний этаж! — И Штирнер опять углубился в рисование собак.

Рудольф промолчал, но краска гнева залила его веснушчатое лицо.

Зауер, который наблюдал эту сцену, сидя в углу с Глюк и Фит, усмехнулся:

— Смотрите, Эльза, Штирнер держится так, как будто он сам наследник... Признаться, я не понимаю его игры. Он точно сам напрашивается на то, чтобы новые хозяева выбросили его за дверь...

— Еще неизвестно, что будет с нами, — озабоченно сказала Эмма.

— Ну что же, уволят — придется поступить кассиршей в бродячий цирк, — рассмеялась Эльза.

— Перестаньте шутить, Эльза. Я говорю совершенно серьезно. Штирнер явно ведет какую-то большую игру. — Понизив голос, Зауер продолжал: — Вам не кажется, что смерть Карла Готлиба произошла при странных обстоятельствах?

Эльза посмотрела на Зауера:

— Что вы хотите сказать, Отто? Ведь Штирнера даже не было в момент катастрофы...

— Ага! Значит, и вам эта мысль приходила в голову — мысль о том, что смерть Готлиба не случайна? Собака! Что, если собака действовала по необъяснимому внушению? Если я не ошибаюсь, Штирнер в своей научной работе как раз занимался вопросами внушения и передачи мыслей на расстояние... Вы знаете, какие чудеса он проделывает со своими собаками? Помните, вечером, когда мы возвращались с прогулки, Фальк подбежал к вам...

— Какие ужасы! — прошептала Фит. — Вдруг он внушит собакам и они загрызут нас?..

Зауер усмехнулся:

— От этого он не получит пользы... Собаки Штирнера, простите мне, охотятся на более крупную дичь. Но какую пользу извлечет он из смерти Готлиба? Этот странный человек окружает себя глубокой тайной. Вы знаете, мы с ним служим более года и каждый день видимся, но ни я, ни кто-либо другой никогда не были в его комнате. Что он там делает? Какие замыслы обдумывает он в тиши?..

— ...И не подумаю. Ты можешь взять себе пейзаж Коро, но святого Себастьяна я не уступлю!

Сестры Готлиб прошли мимо, споря о дележе дядюшкиного наследства.

Зауер замолчал.

По дому раздались звонки, сзывающие всех в большой кабинет покойного хозяина. Там уже сидел за письменным столом нотариус, сухонький бритый старичок, в очках в черной черепаховой оправе. Он был большой формалист и категорически отказался сообщить наследникам что-либо о содержании завещания до его вскрытия. И теперь Готлибы с невольным волнением смотрели на толстый портфель нотариуса, скрывавший тайну наследства. Нотариус не спеша извлек из портфеля пакет, предъявил его для обозрения целости печатей, вскрыл и начал читать.

По завещанию все имущество переходило брату покойного, Оскару Готлибу, с выделением довольно крупной суммы фрау Шмитгоф и более мелких — старым служащим.

Готлибы вздохнули с облегчением, выслушав завещание до конца. Но их лица вдруг вытянулись, когда нотариус среди наступившей тишины сказал:

— Это первое завещание...

— Значит, есть и второе? — с тревогой спросил Оскар Готлиб.

— Есть, и я оглашу его, — ответил нотариус. После той же процедуры осмотра печатей он вскрыл и огласил и второе завещание, сделанное всего за месяц до смерти Карла Готлиба.

"В отмену всех ранее составленных завещаний все принадлежащее мне благоприобретенное движимое и недвижимое имущество, в чем бы оно ни заключалось, завещаю в полную собственность служащей у меня стенографисткой Эльзе Глюк. По личным обстоятельствам я не могу открыть мотивы, по которым я лишаю моих родственников наследства и передаю его Эльзе Глюк, но, дабы первые не оспаривали судебным порядком завещанных ей прав у последней, укажу, что к этому побудили меня: 1) одна услуга, оказанная мне Эльзой Глюк, — услуга, о которой я не буду говорить, но ценность которой не покрывается даже оставленным капиталом, и 2) некоторые обстоятельства совершенно личного характера, заставившие меня вычеркнуть брата моего, Оскара Готлиба, из списков близких мне людей..." Переведенное на доллары имущество наследователя, по предварительному подсчету, определяется в два миллиарда, — закончил нотариус.

Оскар Готлиб откинулся на спинку кресла. Глаза его стали мутны. Он со свистом дышал широко открытым ртом, нервно перебирая пальцами. Казалось, его поразил удар. Сестры Готлиб, обнявшись, рыдали, склонив головы на плечи друг друга.

Рудольф побледнел так, что все веснушки, как брызги грязи, выступили на его лице.

— Не может быть!.. Не может быть!.. — вдруг закричал он истерически. — Ложь! Обман! Преступление!.. Мы этого так не оставим! Здесь все мошенники!

Нотариус пожал плечами:

— Молодой человек, будьте осторожны в словах. Я выполнил только свой долг. Вы можете оспаривать завещание законным порядком, если находите его неправильным. А пока я принужден передать его наследнику.

Встав из-за стола, нотариус подошел к Эльзе Глюк и почтительно передал ей завещание.

Эльза подняла брови в полном недоумении и машинально взяла бумагу.

Ошеломленный Зауер уставился на Эльзу. Эмма Фит не знала, радоваться ей или плакать. И только нотариус и Штирнер сохраняли спокойствие.

Вдруг Оскар Готлиб покачнулся и стал сползать с кресла. К нему бросились на помощь.

— Доктора!..

Поднялась суматоха.

# IV

## Счастливая невеста

До утверждения завещания Карла Готлиба над его имуществом была учреждена опека, причем Оскар Готлиб добился того, что опекуном был назначен он. Поэтому Готлибы остались жить в доме покойного банкира, и молодой Рудольф Готлиб по-прежнему держался с независимостью будущего владельца, твердо надеясь, что правосудие "восстановит права законных наследников".

Выявление огромного имущества покойного требовало присутствия всех служащих. Поэтому на другой день после вскрытия завещания к работе вернулись все, не исключая и Эльзы.

— Вы?.. — удивленно встретил ее Зауер. — В качестве кого явились вы сюда?

— В качестве стенографистки, — просто отвечала она.

— Миллиардерши не служат стенографистками! — ответил он ей. Отведя Эльзу в сторону, Зауер сказал: — Прошу вас, присядьте... Нам с вами нужно серьезно переговорить...

Они уселись. Отто, бледный после бессонной ночи, тер лоб рукой, собираясь с мыслями.

— Со вчерашнего дня у меня в голове такой кавардак, что я потерял способность связной речи. Или я подозревал Штирнера в преступлении неосновательно, или... или он опаснее, чем я думал... Но одно для меня ясно, что между мною и вами воздвигается неодолимая преграда... Вы уходите от меня, Эльза!

Эльза с недоумением и упреком посмотрела на него.

— Скажите мне искренне, Эльза, положа руку на сердце, вы ничего не знали о том... счастье, которое ожидало вас?

— Ничего не знала, — твердо отвечала Эльза.

— Но должны же вы знать по крайней мере о той вашей необычайной, — подчеркнул Зауер, — услуге Карлу Готлибу, которая оценена им выше всех его богатств?

— Насколько помню, никакой услуги я ему не оказывала.

Зауер опять приложил руку к своему разгоряченному лбу.

— От этого можно сойти с ума... Допустим, что тут замешан Штирнер — впрочем, я уже сам не уверен в этом, — допустим, он как-нибудь повлиял на старика Готлиба, ловко убедил его в этой несуществующей услуге, которая будто бы обязывала

Готлиба быть вам благодарным... Но почему Штирнер тогда не употребил завещание на свое имя? Или... — Зауер вдруг весь как-то выпрямился, и лицо его исказилось болью. — Простите, Эльза, но я должен задать вам еще один крайне щекотливый вопрос: может быть, между вами и Карлом Готлибом были близкие...

Эльза встала возмущенная.

— Ну, ну, не буду, успокойтесь! Садитесь, прошу вас... Вы же видите, что я вне себя... Мне приходят в голову совершенно нелепые мысли. Ах, это такая пытка!.. Я должен сразу высказать вам все мои сомнения, они мучили меня всю ночь. Чего я не передумал!.. Я думал, может быть, вы... дочь Готлиба...

— Послушайте, Зауер, я сейчас же уйду, если вы...

— Или, может быть... — ха-ха-ха! — вы действуете заодно со Штирнером и являетесь только ширмой для него...

Эльза встала вторично, но Зауер взял ее за руку и насильно посадил:

— Садитесь! Вы должны это выслушать. Поймите, то, что я говорю вам так резко, открыто, в лицо, будут говорить и уже говорят за вашей спиной. Неужели вы не понимаете, что это завещание бросает тень на ваше доброе имя?

— Слушайте, Зауер, я люблю вас — видите, я говорю вам это открыто, — но всякому терпению есть конец. Если в вас говорит даже безумие, то... я не переношу таких форм безумия. Кто дал вам право оскорблять меня безнаказанно?

— Право, право! Кто дал право подвергать меня пыткам ужасных подозрений?.. Откуда они? — Зауер замолчал и устало опустил голову.

Эльзе стало его жалко. Она ласково коснулась его руки и тихо сказала:

— Никто вас не подвергал пыткам, вы сами мучаете себя.

И для чего? Ведь поймите, Отто, что в наших отношениях ничего не изменилось, и я не понимаю, о какой стене вы говорите.

— Как ничего не изменилось? А миллионы, миллиарды Карла Готлиба! Вы одна из самых богатых женщин в стране, а я... У меня своя, мужская гордость. Я беден и не хочу, чтобы про меня говорили, что я женился на деньгах. Деньги! Разве это не стена?

— Да кто вас убедил в том, что эта стена из мешков с золотом будет стоять между нами? Никакой стены нет и не будет!

Отто Зауер смотрел на Эльзу, еще не понимая, но уже чувствуя облегчение.

— Что вы хотите сказать, Эльза?

— Да то, что совсем не надо быть юрисконсультом Отто Зауером, не спать ночей, доводить себя до помешательства, чтобы понять всю неловкость получения этого наследства. Я и не думаю принимать дара Карла Готлиба. Я откажусь от прав на наследство, вот и все.

— Эльза! Вы? — Зауер крикнул так громко, что Эмма Фит, работавшая в другом конце комнаты, прекратила свою трескотню на машинке.

— Что с вами, Зауер? Вы меня испугали.

— Ничего, флейлейн, это от радости, оттого, что я вдруг стал богат! Богат безмерно!..

— Значит, вы женитесь на Эльзе? — по-своему поняла Эмма и бросилась целовать смеющуюся подругу и поздравлять сияющего Зауера.

— Что это за семейная сцена? С чем вас поздравляют? — вдруг услышали они голос вошедшего в комнату Штирнера.

— Такое счастье! Эльза выходит замуж за Зауера!.. И они будут безмерно богаты! — воскликнула Эмма, обращаясь к Штирнеру.

— Это правда? — спросил Штирнер.

Эльза и Зауер переглянулись. Эльза помедлила несколько мгновений и потом твердо сказала:

— Да, это правда. Можете нас поздравить.

Зауер был так счастлив, что крепко пожал протянутую Штирнером руку:

— Ну что ж, поздравляю вас, мои будущие хозяева, если, впрочем, вы пожелаете воспользоваться моими услугами. А если нет, всего хорошего! Чемодан на плечи, собираю своих собак и отправляюсь с бродячим цирком... Делать нечего, придется искать другую кассиршу... Может быть, куколка согласится? Эмма, вы согласны? Что с вами, деточка? Вы плачете?

— Это... от... радости! — проговорила Эмма.

— Так ли? — смеялся Штирнер. И, погрозив ей пальцем, он сказал: — Куклы также должны уметь скрывать свои чувства. Признайтесь, вам немножечко жалко Людвига, а? Чуточку любили его, а?..

Вошел лакей.

— Господин Готлиб-старший просит господина Отто Зауера в кабинет.

Зауер кивнул головой Эльзе и неохотно вышел из комнаты.

Оставшись наедине с Эльзой, Людвиг Штирнер вдруг стал серьезным.

— Это решено, фрейлейн Глюк?

— Да, это решено.

Штирнер задумался. Потом спросил:

— А я? Я не имею у вас ни малейших шансов на успех?

— Теперь меньше, чем когда-либо... Послушайте, Штирнер, вы, как мне кажется, единственный человек, который может рассеять туман во всем этом деле. Ответьте мне на несколько вопросов.

— Я вас слушаю.

— Можете ли вы объяснить мне тайну завещания?

— Она умерла вместе с Карлом Готлибом.

— Этот ответ не совсем удовлетворяет меня. И еще один, самый тяжелый вопрос: существует ли связь... между составлением завещания и внезапной смертью Карла Готлиба?

— Самая тесная: как только умер Готлиб, стало возможным предъявить завещание к утверждению и вступить в права наследства — это вам скажет каждый юрист.

— Или вы не хотите меня понять...

— Или вы из деликатности выражаетесь слишком туманно. Говорите прямо: не являюсь ли я виновником смерти старика?

Эльза покраснела:

— Вы сами виноваты, Штирнер. Помните, вы называли честность пороком... И мне трудно примириться с мыслью, что среди знакомых, которым пожимаешь руку...

— Есть рука, обагренная кровью невинного младенца шестидесяти лет? И с этакими руками я осмеливаюсь просить вашей руки...

— Послушайте, Штирнер, где же вы? Так нельзя. Мы давно ждем вас, — проговорил Оскар Готлиб, появляясь в дверях комнаты.

Штирнер неохотно поднялся и вышел.

— О чем он с тобой так долго говорил? — подбежала к Эльзе любопытная Эмма.

— Он мне предлагал руку, сердце и земной шар в виде свадебного подарка.

— И что же ты? Два предложения в один день! Счастливая!

— Эмма, ты знаешь, я отказалась от наследства, — сказала Эльза.

Эмма широко раскрыла свои глаза.

— Ну, и ты не умней Штирнера!..

## V

## Запутанная история

Оскар Готлиб не умер, но неожиданная потеря наследства, которое ушло из его рук, потрясла его старый организм. С осунувшимся, почерневшим, опухшим лицом сидел он в кабинете известного адвоката Людерса и говорил, склонив голову набок и нервно покручивая в руках карандаш:

— Это дело о наследстве — какая-то сплошная чертовщина и нелепица. Может быть, мой сын Рудольф прав, утверждая, что тут одна шайка. Шайка преступников или сумасшедших. Судите сами. На другой день после вскрытия завещания я пригласил к себе Отто Зауера, юрисконсульта моего покойного брата, чтобы переговорить с ним о деле. Зауер, как близкое доверенное лицо покойного Карла, мог, как мне казалось, пролить свет на эту невероятную историю завещания. Но Зауер или действительно ничего не знал об изменении завещания, или не хотел мне говорить правды. Зато Зауер неожиданно сообщил мне другую новость — что Эльза Глюк отказывается от наследства. Я вызвал к себе Глюк, и она подтвердила это. У меня как камень свалился с сердца. Не прошло, однако, нескольких дней, как завещание было предъявлено в суд к утверждению тем же Зауером по доверенности Эльзы Глюк. "Что же вы делаете?" — спросил я его. Зауер пожал плечами: "Наследница изменила свое намерение".

— А Эльза Глюк? С ней вы говорили еще раз? — спросил адвокат, попыхивая сигарой.

— Говорил. Она произвела на меня странное впечатление. Какое-то каменное спокойствие на лице, тусклый взгляд, вялые движения, будто она не выспалась. "Фрейлейн Глюк, — говорю ей, — ведь вы же отказались от завещания?" — "Не знаю, не помню... может быть", — вяло ответила мне она. "Так зачем же вы подали завещание к утверждению?" Она удивленно смотрит на меня и молчит, молчит как убитая. Так я мучился с ней около часа. А потом она вдруг поднялась и, ни слова не говоря, вышла.

— Может быть, она изменила свое решение под влиянием жениха? — спросил адвокат. — Ведь Зауер ее жених?

— Я тоже так думаю. Но удивительно, что и этот жених тоже выглядит каким-то помешанным. Он мрачен, как туча, будто получение его невестой огромного наследства —

страшное несчастье. Зауер мрачен, зол и раздражителен. Или он хороший актер, или они все там помешались...

Но как бы то ни было, — продолжал Оскар Готлиб, положив карандаш в карман и тотчас вынув его обратно, — завещание предъявлено, и надо бороться. Как ваше мнение, господин адвокат?

Людерс откинул на спинку кресла голову без единого волоска на розовом черепе и, следя за тающим кольцом дыма, начал говорить, как бы рассуждая сам с собой:

— Опровергнуть завещание в исковом порядке по формальным основаниям нельзя: завещание совершено нотариальным порядком, с соблюдением всех законных требований. Протоколом судебного и полицейского дознания установлено, что смерть Карла Готлиба явилась результатом несчастного случая, исключающего злой умысел. Что же остается нам? Доказывать ненормальность завещателя в момент составления завещания. Это единственный, но и весьма шаткий путь...

Пустив новое колечко дыма, Людерс обратился к Оскару Готлибу:

— Скажите мне по чистой совести, каковы были у вас отношения с покойным братом? Не было ли у вас... э... э... размолвок, неладов?

— Никаких! — решительно ответил Оскар Готлиб.

— Но этот намек во втором завещании?

Оскар Готлиб покраснел и заерзал на стуле.

— Этот намек! Поймите, что этот намек и служит главной причиной моего желания предъявить иск о недействительности второго завещания. Этот намек позорит меня. Если нелегко примириться с лишением прав на наследство, то еще тяжелее примириться с этой инсинуацией покойного... Я не знаю, чем она вызвана, но здесь какое-то недоразумение. Возможно, что кто-нибудь злонамеренно очернил меня в глазах брата.

— Да, запутанная история... Постараюсь сделать все, что можно, но за успех ручаться трудно.

И, пустив третье колечко дыма, знаменитый адвокат перешел на более легкую и приятную для него тему о гонораре.

## VI

## Судебный процесс

Судебный процесс Оскара Готлиба с Эльзой Глюк возбудил большой шум. Головокружительный гонорар, который должен был в случае выигрыша дела получить знаменитый адвокат Людерс, огромная сумма, оставленная Готлибом по завещанию, неожиданность его посмертной воли, красота новоявленной наследницы, внезапная смерть Готлиба через месяц после составления завещания — все это служило неисчерпаемой темой для газетных заметок и в еще большей степени для обывательских разговоров. Высказывались самые невероятные предположения, велись горячие споры, заключались пари. Больше всего интересовались взаимными отношениями братьев Готлиб, а также отношением Эльзы Глюк к Карлу Готлибу и Зауеру. Какие нити связывали этих людей? Что произошло между Оскаром и Карлом Готлибом? Почему покойный лишил наследства своего брата? Этот вопрос интересовал и суд.

Иск Оскара Готлиба, построенный умелой рукой адвоката Людерса, основывался на том, что завещатель в момент завещания не находился "в здравом уме и твердой памяти". К доказательству этого были приложены все старания. Труп Карла Готлиба потревожили, и лучшие профессора произвели анатомирование мозга. В представленном по этому поводу в суд протоколе были очень подробно описаны вес, цвет мозга, количество мозговых извилин, начинающийся склероз, но основная задача была не решена.

Сделать прямые выводы о психической ненормальности Карла Готлиба эксперты не решались, хотя — не без влияния Людерса — и нашли "некоторые аномалии".

Но у Людерса про запас имелись еще хорошо подготовленные свидетели. С ними Людерсу оказалось управиться легче, чем с экспертами.

Карла Готлиба, стоявшего во главе огромного дела, окружало много людей. Среди них не трудно было навербовать свидетелей, готовых дать за приличное вознаграждение какие угодно показания. Руководимые опытной рукой, свидетели приводили много мелких случаев из жизни покойного, которые подтверждали мысль о том, что Карл Готлиб, возможно, был ненормален.

Главный бухгалтер рассмешил публику, описав одну странность покойного: его чрезмерное, доходящее до мании, увлечение рационализацией. Карл Готлиб, например, устроил особый лифт, на площадке которого было установлено кресло, стоящее у его письменного стола. Лифт соединял три этажа. Готлиб нажимал кнопку, и из своей квартиры, находящейся во втором этаже, проваливался в первый, где помещался банк. Подписав бумаги или лично повидавшись с нужным клиентом, он возносился на своем кресле, подобно театральному божеству, во второй этаж, прямо к столу и продолжал начатую работу.

Готлиб не любил, чтобы во время его работы являлись слуги или служащие. "Это расстраивает работу мыслей", — говорил он. Поэтому по всему дому были проведены особые движущиеся бесконечные ленты — транспортеры. Если Готлибу нужна была книга из библиотеки или стакан кофе, он заказывал нужную вещь по телефону, и на бесшумно двигающейся ленте транспортера к его столу подъезжали поднос со стаканом кофе, книга, ящик с сигарами.

— Его увлечение гигиеной также граничило с манией, говорил один из свидетелей. — Во всех комнатах были расставлены термометры, гигрометры и сложные аппараты, определяющие состав воздуха и очищающие его. Готлиб не признавал обычной вентиляции. "Наружным воздухом, отравленным пылью и бензиновой гарью, не очистишь воздуха в доме", — говорил он. И воздух очищался химически. Специально приставленное лицо следило за тем, чтобы температура неизменно стояла на двенадцати градусах Цельсия: летом она искусственно охлаждалась до этого предела, чтобы воздух был не сух и не влажен, чтобы в нем не убывал кислород и не появлялась углекислота; воздух искусственно озонировался.

Новые, более покладистые или лучше оплаченные Людерсом, эксперты-психиатры на основании этих показаний дали свое заключение с мудрым названием психоза покойного Готлиба. Дело начало явно склоняться в пользу Оскара Готлиба. Оставался только один вопрос, осложнявший решение суда, — отношение Карла к Оскару. Правда, и по этому вопросу ряд свидетелей дал благоприятные показания, подтвердив наличность "братских чувств" между Карлом и Оскаром. Но разрыв между братьями мог произойти на какой-нибудь интимной почве, неизвестной даже близким людям. К счастью для Оскара, доказать существование происшедшей между братьями ссоры никто не мог. Людерс уже предвкушал победу, мысленно распоряжаясь крупным гонораром. Дача в Ницце... Новый автомобиль... Мариэтт... Людерс улыбнулся и сощурил глаза, как кот. Ради этого стоило повозиться с экспертами и свидетелями!.. Людерс старался вовсю, внеся в дело свои недюжинные способности и ораторский талант.

В тот день, когда суд должен был вынести решение, огромный зал суда не мог вместить всех желающих услышать приговор. Любопытные искали глазами Эльзу Глюк, но ее не было. Зауер защищал ее интересы.

Людерс превзошел себя и произнес блестящую речь. Он тонко анализировал показания свидетелей и экспертов, делал неожиданные сопоставления и выводы, блестяще отпарировал выступление мрачного Зауера. Несколько раз остроумные замечания Людерса покрывались аплодисментами публики, в большинстве, видимо, стоявшей на стороне "законных наследников", то есть Оскара Готлиба. При всей внешней беспристрастности судей было видно, что и они склоняются в пользу Готлиба.

— Что касается отношений покойного Карла Готлиба к моему доверителю, Оскару Готлибу, — сказал в конце своей речи Людерс, — то, каковы бы они ни были, какое значение могут иметь симпатии и антипатии душевнобольного? Зауер говорит, что Карл Готлиб вел крупное дело. — Людерс пожал плечами. — История знает примеры, когда безумные короли управляли огромными государствами и народ даже не догадывался об этом...

Часть публики зааплодировала. Председатель суда позвонил в звонок.

В этот момент со своего места поднялся Оскар Готлиб. Он имел какой-то сонный вид. С безжизненным лицом, волоча ноги, он равнодушно подошел к столу, за которым сидели судьи, и вяло сказал:

— Прошу слова.

Наступила глубокая тишина. Как бы что-то припоминая, с трудом подбирая слова, Оскар Готлиб проговорил:

— Неверно... Неверно говорил Людерс. Карл был нормален и здоров. И Карл по заслугам лишил меня наследства. Я виноват перед ним.

Зал напряженно затих. Людерс растерялся, потом бросился к Оскару Готлибу и с раздражением дернул его за рукав.

— Что вы говорите? Опомнитесь! Вы губите все дело! Вы с ума сошли! — шипел он, задыхаясь, на ухо старику.

Оскар отдернул руку и с неожиданным раздражением крикнул:

— Что вы тут шепчете? Не мешайте! Уйдите! Я виноват перед Карлом... Я не могу говорить, в чем моя вина... Это дело семейное... Но это и не важно...

Даже судьи были поражены.

— Но отчего же вы только теперь говорите об этом? — спросил председатель суда.

— Потому теперь... потому... — Готлиб задумался, как бы потеряв мысль, потом продолжал: — Потому что я не знал, что некоторые обстоятельства стали известны покойному брату. Я узнал об этом только сегодня. Не я, а Эльза Глюк заслужила это завещание.

Судебный зал вдруг зашумел, как прорвавшаяся плотина. Звон колокольчика председателя заглушался поднявшимися криками. Людерс был бледен; покачиваясь, подошел он к пюпитру и дрожащей рукой налил воды. Стакан звенел о зубы, и вода пролилась на грудь.

Зауер казался удивленным не менее других.

А Рудольф Готлиб, красный, разъяренный, бросился к отцу и, тряся его за плечи, что-то кричал. Но Оскар был безучастен ко всему. Тогда Рудольф подбежал к судебному столу и, потрясая кулаками, покрывая шум зала, закричал:

— Неужели вы не видите, что он сошел с ума? Тут все или сумасшедшие, или преступники... Я этого так не оставлю!

Суд прекратил заседание. Председатель приказал очистить зал.

# VII

# Пропавший наследник

В иске было отказано, завещание утвердили. Эльза Глюк становилась наследницей.

Ни Рудольф, ни Людерс, у которого сорвался огромный гонорар, не хотели примириться с этим. Но как быть?

Освидетельствовать Оскара Готлиба, признать его ненормальным и учредить над ним опеку в лице Рудольфа, чтобы иметь возможность апелляции?

Дело осложнялось тем, что Оскар тотчас после суда исчез бесследно. Заочно объявить его недееспособным не представлялось возможным. Рудольф залезал в долги, швыряя деньги на поиски пропавшего отца, обещал крупную награду. Но отец не находился. Срок для обжалования близился к концу.

В отчаянии Рудольф бросился к Эльзе Глюк. Она еще не перебралась в дом Карла Готлиба, переходивший к ней по завещанию, но пунктуально являлась туда, не прекращая работы. В комнате личного секретариата Штирнер что-то диктовал ей, она записывала. Могло показаться странным, что она сидит за прежней работой, но Рудольф был в таком состоянии, что не обращал ни на что внимания.

— А, молодой человек, ну, как ваши дела? — спросил его Штирнер с улыбкой.

— Это вас не касается, молодой человек, — с раздражением ответил Рудольф, — мне нужно переговорить с фрейлейн Глюк! — И Рудольф вопросительно посмотрел на Штирнера, как бы приглашая его выйти. Штирнер прищурил один глаз.

— Кон-фи-денциально? Пожалуйста! — И он вышел.

Рудольф, взъерошив волосы, стал бегать по кабинету.

— Фрейлейн!.. Фрейлейн!.. — начал он и вдруг, закрыв лицо руками, заплакал навзрыд.

— Что с вами? — спросила Эльза, растерявшаяся от такой неожиданности.

Рудольф подбежал к ней, бросился на колени и, ломая руки, стал просить прерывающимся от слез голосом:

— Умоляю вас!.. Не губите меня. Откажитесь от наследства! Ну на что оно вам? То есть оно громадно, кто же откажется от богатства? Но ведь оно не для вас, я хочу сказать, вы ни при чем, оно к вам пришло неожиданно... Ах, у меня мысли путаются... А я?.. Я ведь только и жил мыслью об этом... Отец скопидом, дрожит над каждым грошом. Я наделал столько долгов... Вы! Почему вы? С какой стати вы? Ведь это же нелепо, ни с чем не сообразно, чудовищно! Ведь это... я не знаю, что говорю, но вы поймете, поймете и пожалеете меня... Откажитесь от наследства, иначе... я покончу с собой.

— Я не могу этого сделать, — спокойно ответила Эльза.

— Как не можете? Кто же вам может помешать? Разве вы не отказывались от него?

— Я не помню...

— Сжальтесь, сжальтесь, умоляю! Иначе я... покончу с... да, я уже говорил об этом... — Рудольф вскочил и, трепля рукой свою рыжеватую шевелюру, вновь забегал по комнате. Он казался безумным. Вдруг он остановился и, уставив взгляд в одну точку, сжал левой рукой подбородок. — Проклятие! Проклятие этим рыжим волосам, этому веснушчатому лицу! — И он дергал себя за волосы и бил по щекам. — Если бы я был хоть красив... А вы, вы прекрасны... Если бы вы, если бы я... если бы я сделал вам предложение?

Эльза улыбнулась. Раскрасневшийся, с взлохмаченными рыжими волосами, он был необычайно смешон в эту минуту.

— Благодарю вас, но у меня есть жених.

— Конечно, чепуха. Я просто с ума схожу и выбалтываю свои мысли. Вы прекрасны, но не вы, ваше богатство нужно мне. Я, однако, не мог думать, чтобы такая красота могла быть такой недоброй и... корыстной! — добавил он желчно после короткой паузы.

Эльза нахмурилась:

— Я не корыстна.

— Тогда что же мешает вам отказаться от наследства и сделать меня и моих сестер счастливейшими людьми?

Подбежав к ней, он вдруг схватил ее за руку и, глядя прямо в глаза, со всей силой ненасытного желания, задыхаясь, молвил:

— Откажитесь! Откажитесь! Откажитесь!..

По спокойному лицу Эльзы прошла тень. Брови нахмурились, в ней как будто поднималась борьба.

Рудольф, несмотря на все свое волнение, заметил это и начал просить с удвоенной силой.

Но в тот момент лицо Эльзы вновь приняло спокойное выражение, веки полузакрылись, и она тихо, но решительно сказала:

— Пустите, — высвободила руки и, ни слова больше не говоря, пошла к двери.

— Куда же вы? Подождите! — Рудольф бросился за Эльзой, пытаясь ухватить ее за руку. Но в этот момент дверь комнаты открылась, вбежала собака и с угрожающим ворчанием стала между Рудольфом и Эльзой. Вслед за собакой появился Штирнер.

— Э, это уж нехорошо! — сказал он. — Кто же хватает за руки чужих невест?

Рудольф стоял, дрожа как в лихорадке, и мерил Штирнера недружелюбным взглядом. Штирнер спокойно и насмешливо смотрел на него.

Рудольф топнул ногой, быстро повернулся на каблуках и выбежал из комнаты.

Прыгнув в автомобиль, он стал бормотать, как в бреду:

— Все погибло! Все погибло!..

— Куда прикажете? — спросил шофер.

— Все погибло! Все погибло! К Людерсу...

С этими же словами — "Все погибло!" — он вбежал в кабинет Людерса, не обращая внимания на клиентку, которая сидела у адвоката.

— Людерс! Все погибло... Она отказала... Эльза отказала по всем пунктам, этого и надо было ожидать... Завтра истекает срок на подачу апелляции. Отец пропал... Если бы мы хоть знали, что он умер... Но нет, и тогда было бы поздно!.. Опеку не учредишь в несколько часов... Все погибло... Остается одно: подать апелляцию... Доверенность моего отца на ваше имя не уничтожена...

— Но это безнадежно при наличии в деле заявления Оскара Готлиба.

— Все равно, подавайте!.. Может быть, отец найдется к тому времени, когда дело будет пересматриваться.

Людерс пожал плечами, но подумал, что, пожалуй, это и верно. Главное — не пропустить срока, а там обстоятельства могут повернуться иначе.

Апелляция была подана. Но Оскар Готлиб по-прежнему не подавал о себе никаких вестей. Все способы проволочек были исчерпаны, дело было проиграно Готлибами во всех инстанциях.

Эльза Глюк вступила в права наследства.

## VIII

## Стеклянный дом

Увлечение покойного банкира рационализацией сказалось и на архитектуре его дома, построенного по последнему слову американизированной строительной техники. Красота этой новой архитектуры определялась новым каноном: утилитаризмом. Весь огромный, растянутый в длину трехэтажный дом Готлиба был сделан из железа, стекла и бетона и внешне был скучно прямолинеен, как разграфленный лист гроссбуха. Ни одной радующей глаз кривой линии, ни одного украшения. Огромные стекла во всю стену придавали дому вид какого-то гигантского аквариума. Казалось, стекла были слишком хрупкой защитой для миллионов, которыми ворочал банк Готлиба. Но "золотые рыбки" этого аквариума хранились глубоко на дне его — в подземном этаже. Сталь и бетон этого казнохранилища способны были выдержать налет не только земных, но и воздушных бандитов. Сотни автоматических звонков и световых сигналов, особые перископы, дающие возможность находящимся в первом этаже сторожам видеть, что делается в подвале, автоматически захлопывающиеся двери, электрические заградители и киноаппараты обрекали на неудачу всякую попытку проникнуть сюда силой или хитростью. В свое время Готлиб немало бросил денег на то, чтобы через репортеров, описывающих все эти чудеса заградительной техники, оповестить весь мир о неприступности его банковской твердыни и отбить охоту любителям легкой наживы проникнуть в подвалы. И действительно, за десять лет был только один случай покушения, и он окончился очень плачевно для смельчаков: двое взломщиков, лучшие специалисты своего дела, были захлопнуты автоматической дверью, как мыши в мышеловке.

Автоматически приведенный в действие киноаппарат заснял это происшествие, и картина демонстрировалась во всех кинематографах, как образец наказанного порока. Правда, злые языки утверждали, что все это ограбление было инсценировано самим Готлибом, пригласившим за приличное вознаграждение известных "артистов" уголовного мира и обещавшим им выход на свободу, когда шум вокруг дела утихнет, но тем не менее картина возымела действие. Банкир и его вкладчики спали спокойно.

В первом, надземном, этаже помещался банк со всеми его отделениями. Здесь же помещались вооруженные сторожа, в которых, в сущности, не было и нужды. Но банкир содержал довольно большой штат их "для декорации".

Квартира Готлиба помещалась во втором этаже, где середину занимали гостиная, приемная, личный секретариат и кабинет. Правый конец здания был разделен на две комнаты, соединенные с кабинетом; в одной помещалась спальня Готлиба, в другой жил Штирнер. Эти комнаты Штирнер держал всегда на запоре, не допуская туда служащих даже для уборки. В левом же конце этажа помещался "зверинец" Штирнера: его ученые собаки, волки, свиньи, кошки и медведь. Все они жили совместно в трогательном единении. Бросив ученую карьеру, Штирнер продолжал "по-любительски", как говорил он, изучать психологию животных.

Почти две трети верхнего, третьего, этажа, его середину, занимала картинная галерея — гордость Готлиба и предмет шуток и острот знатоков. Здесь в таком же трогательном единении, как звери Штирнера, бок о бок уживались подлинный Андреа дель Сарто с грубо поддельным Корреджио, мазня неизвестного дилетанта с карандашным рисунком Леонардо да Винчи. Все картины были расставлены на станках, расположенных в ряд перпендикулярно стеклянным стенам: Готлиб называл это "рационализацией освещения". Середина зала была пуста, если не считать стоявшего на помосте рояля. Для торжественных обедов приносились из кладовых какие-то замысловатые раскладные рационализированные Готлибом столы, которые в сложенном виде занимали очень мало места, но собрать их было истинным мученьем: слуги выходили из себя, когда им приходилось складывать бесконечные кусочки, доски, бруски... Эта работа напоминала китайскую головоломку. Отдельные части, неверно пригнанные, рассыпались, не слушались, не входили в пазы. Слуги нервничали, Готлиб еще больше.

— Ну, как же вы не понимаете? Это так просто! — И он подбегал сам, складывал, выдергивал, подставлял, ронял, ушибался и сердился больше всех.

Теперь с этим было покончено. Столы мирно почивали в разобранном виде, как и их разобранный на части несчастный хозяин. Зал был пуст. Поэтому приятно было отсюда войти в смежный зимний сад. Широкие листья пальм покрывали большой аквариум. Вьющиеся растения оплетали искусственный грот. Яркие орхидеи радовали глаз пестротой красок.

Уютные диванчики между лаврами и цветущими олеандрами давали возможность отдохнуть и послушать певчих птиц, летавших на свободе.

К другому концу зала примыкала библиотека, которая находилась над двумя кабинетами Готлиба, помещавшимися во втором и первом этаже. Все эти три комнаты соединялись лифтом с установленным на нем креслом. В библиотеку, состоявшую исключительно из роскошных изданий в дорогих, тисненных золотом переплетах, Готлиб любил "взлетать" на своем подъемном кресле после работы, чтобы выкурить здесь сигару. Но книг он не читал. Изредка вынимал он какую-нибудь из них, раскрывал и разглядывал рисунки.

— Маки домовой, Tarsus spectrum... Бывают же такие несуразные животные! Прямо в очках! Фу, гадость, еще во сне приснится! — И он захлопывал книгу и сладко потягивался после трудового дня.

Две крайние комнаты пустовали. Одна из них находилась над спальней покойного Готлиба, другая — над комнатой Штирнера. В эту последнюю комнату Штирнер ввел Эльзу, когда осмотр дома был окончен.

— Вот и все ваши владения. Я думаю, что вам здесь будет хорошо. Здесь много света и воздуха, как, впрочем, и во всем доме, недаром у вашего завещателя был такой прекрасный, свежий вид и румяные щеки.

При упоминании о завещателе Эльза вздрогнула, и легкая тень пробежала по ее лицу.

Штирнер нахмурился.

— Эльза, — серьезно сказал он, — неужели все это вас не радует? Ведь вы сейчас одна из богатейших женщин в мире. Вы можете исполнить всякий ваш каприз. Если вам не нравится этот дом, вы можете остановиться в любом из двадцати шести домов, принадлежащих вам теперь в городе, вы можете жить в ваших виллах в Ницце, в Ментоне, в Оспидалетти, на Майорке, в Алжире, я уж не помню где... — О чем-то подумав, он продолжал: — Но вам здесь должно понравиться.

— Да, мне здесь должно понравиться, — как эхо, прозвучал ответ Эльзы.

— В соседней комнате будет помещаться ваша прислуга. В этой комнате, как и везде, электрических звонков больше, чем в мебели обойных гвоздиков, а телефонов еще больше, чем звонков... Не сходя с кресла, вы можете потребовать все, что угодно. Чашка кофе сама подъедет к вам на транспортере... До скорого свидания!

Когда он ушел, Эльза устало опустилась в кресло и, склонив голову, закрыла лицо руками. Где-то далеко пробили часы, и звон их гулко разнесся по пустому залу.

Эльза долго сидела неподвижно.

Она думала о своей жизни, так странно сложившейся. Дочь бедных родителей, круглая сирота, она рано узнала нужду. Еще девочкой она была необычайно красива. Эта красота принесла ей в жизни много радостей и много горя. Одна состоятельная старушка, фрау Беккер, одинокая вдова, увидя в приюте красивого ребенка, взяла девочку к себе. В то время Эльзе было двенадцать лет. До семнадцати она прожила у фрау Беккер. Эти пять лет были лучшими в ее жизни. Старушка любила ее, даже баловала, дала хорошее образование, и Эльза привязалась к ней, как к матери. Но старушка неожиданно умерла, не оставив завещания. Родственники бросили Эльзе подачку в такой оскорбительной форме, что она отказалась от их помощи и взялась за работу. Прошло два тяжелых года, в продолжение которых ей пришлось узнать свет с неприглядной стороны. При ее красоте ей не трудно было получить место в магазине, и она находила эти места, но быстро бросала их из-за слишком открытых признаний ее красоты со стороны хозяев. Она решила перейти на другую работу. Вечерами изучала она стенографию, и, когда изучила, ей посчастливилось поступить к Готлибу. Здесь же она познакомилась с Зауером и полюбила его за одно то, что он с уважением относился к ней и был всегда корректен и выдержан.

Получение наследства выбило ее из колеи. Она никак не могла понять, как и почему она приняла наследство, после того как решила отказаться от него.

— Почему? Почему? — спрашивала она себя.

Вдруг лицо ее стало спокойным. Глаза полузакрылись. Так она просидела несколько минут. Наконец она вздохнула полной грудью, как человек, вышедший из душного помещения на свежий воздух. С удивлением она чувствовала, что от ее смутной тревоги и тоски не осталось следа. Она встала, сладко потянулась, как бы разминая затекшие члены, и с любопытством осмотрела комнату.

— Право, здесь очень занятно. Какой интересный рисунок на ковре! А сколько света! Как легко дышится!

Она глубоко вздохнула и с новым чувством какого-то обостренного любопытства стала осматривать свое новое помещение: библиотеку, картинную галерею и чудесный зимний сад.

— И это все мое!..

В первый раз она подумала: "А ведь Штирнер прав! Какая я счастливая!.."

## IX

## Пятьдесят процентов прибавки

Штирнер, оставив Эльзу, быстро спустился во второй этаж. В комнате личного секретариата он застал Зауера, Эмму Фит и старушку экономку фрау Шмитгоф.

Зауер смотрел на него недружелюбно, Фит и Шмитгоф — с тревогой.

После того как Эльза Глюк стала полноправной хозяйкой, все они не знали, как сложатся их дальнейшие отношения.

— Здравствуйте, господа! — оживленно сказал Штирнер. — Я от новой хозяйки! Не беспокойтесь ни о чем: вы все останетесь, я уже говорил с Эльзой... фрейлейн Глюк... Работы у нас теперь будет много... Наша прекрасная хозяйка не знакома с банковским делом, и на нас — главным образом на меня и вас, Зауер, — выпадает тяжесть управления делами банка Эльзы Глюк.

— Прошу за меня не решать и не определять моих обязанностей, — желчно сказал Зауер.

— Да... Но как же иначе? Ну, мы еще поговорим. Меня ждет одно неотложное дело.

Штирнер быстро прошел в кабинет, что-то написал на письменном столе Готлиба, спрятал написанное в ящик стола, запер на ключ и прошел в свою комнату. Скоро он вошел обратно и вновь уселся за письменный стол Готлиба.

В кабинет вошла Эльза, а вслед за ней явились Зауер, Фит и Шмитгоф.

Эмма и экономка благодарили Эльзу за то, что она оставляет их у себя.

— А! Фрейлейн Глюк, очень рад, что вы пожаловали ко мне! — сказал Штирнер. — Как вы чувствуете себя?

— Благодарю вас, хорошо.

— Вам понравился дом?

— Очень! — ответила она оживленно. — Весь верхний этаж залит солнцем. Кажется, будто плаваешь в солнечном океане. А этот зимний сад — очаровательный уголок. Право, нет нужды ездить в Ниццу, имея недалеко это зеленое убежище!

— Отлично! Значит, все в порядке? — весело улыбнулся Штирнер.

На Зауера неожиданное оживление и жизнерадостность

Эльзы произвели обратное впечатление. Он насторожился, подозрительно посмотрел на нее и стал кусать губы.

— А теперь будьте любезны снять с ваших плеч деловую обузу, — сказал Штирнер. — Согласно вашему желанию, я заготовил полную доверенность на мое имя... Будьте добры подписать ее.

Зауер, Шмитгоф и даже наивная Фит были удивлены. Всем казалось естественным, что доверенность будет дана Зауеру — жениху Эльзы — или по крайней мере управление делами будет разделено между ним и Штирнером.

— Да, да, — охотно ответила Эльза и взяла перо.

— Одну минутку! — Штирнер позвонил, и в комнату вошел старичок нотариус с двумя свидетелями. — Извините, — встретил его Штирнер, — что мы беспокоим вас, приглашая, по старой памяти, на дом...

Старичок любезно закивал головой.

Эльза подписала доверенность. В несколько минут формальности были закончены.

— Надо, чтобы все было по форме. Благодарю вас! Вы свободны, — сказал Штирнер.

Нотариус, Фит и Шмитгоф вышли.

— Вы, Зауер, остаетесь юрисконсультом. Но наш новый банкир добрее старого и увеличивает ваше жалованье на пятьдесят процентов. Вы так, кажется, распорядились?

— Да, да! — ответила Эльза.

— Благодарю вас за честь, но я отказываюсь от ваших прибавок и от места... — ответил позеленевший Зауер.

— Но почему, Отто? Ты шутишь! — спросила Эльза, глядя на жениха.

— Ну, вы тут договаривайтесь с хозяйкой, а мне некогда. Надо спуститься в банк, благо старик Карл изобрел такой хороший способ сообщения.

И, нажав кнопку, Штирнер провалился в люк.

— Ты шутишь, Отто? — повторила Эльза, оставшись одна с Зауером, и ласково прикоснулась к его руке.

Зауер брезгливо отдернул руку и поморщился:

— Не знаю, кто из нас шутит... Мне кажется, что вы, фрейлейн Глюк...

— Отто!..

— Но только ваши шутки похожи на издевательство... издевательство над человеческим достоинством, любовью, доверием, дружбой. — Зауер заговорил с обидой в голосе: — Эльза! Что с тобой, Эльза? Ты уверяла меня, что откажешься от наследства, и ты обманула меня... Зачем?

— Отто, но разве ты не понимаешь, что так надо было? И не ты ли сам выступал на суде от моего имени?

— Да, я выступал... Я не знаю, почему я выступал... Это какое-то бесовское наваждение... Впрочем, ты просила меня, и я сделал... Ведь я ни в чем не могу отказать тебе... Но ты? Ты обманула меня! Ты стала миллионершей и опять разбудила во мне всех демонов сомнений, которые терзают меня. Это наследство позорит тебя, пятнает нашу любовь. И это еще не все: ты вдруг выдаешь доверенность Штирнеру!.. Какие новые черные подозрения пробуждаешь ты?.. Ты с ним заодно. Ты... близка ему! Ты соучастница его преступлений. Ты дурачила меня как мальчишку.

— Отто!

— Молчи! Неужели ты не понимаешь, что вокруг твоего имени сплетут легенды, тебя смешают с грязью и эта грязь долетит сюда с улиц, в эти золотые хоромы — они не защитят тебя. Ты живешь с ним в одном доме, ты...

— Успокойся, Отто, умоляю тебя!

— Нет, не успокоюсь!.. Тебе всего этого оказалось еще мало. Ты хочешь унизить меня, предлагаешь пятьдесят процентов прибавки. Ха-ха-ха!.. Любовь и достоинство за пятьдесят процентов!

Зауер закатился истерическим смехом и не мог сдержаться.

Потрясенная Эльза беспомощно смотрела на него. В ней происходила ужасная борьба. Наконец нервы ее не выдержали, и она расплакалась.

Зауер утих, нервно всхлипывая, и от времени до времени тяжело вздыхал.

— Как я несчастен... как я несчастен!.. — тихо говорил он, сидя на кресле и положив голову на руки.

Эльза подошла и обняла его.

— Отто, неужели ты думаешь, что я такая дурная? Ведь я же люблю тебя! Ну успокойся, милый мой, родной... Я все сделаю, что ты скажешь...

— Правда?

— Правда, — твердо ответила Эльза. — Не вини меня, я сама не знаю, как все это произошло...

Зауер поднялся. Вслед за ним поднялась и Эльза.

— Мне не надо богатства, я люблю тебя, только тебя, — сказал он, сжимая ее руки. — И ради моей любви я требую: завтра же, слышишь, завтра, не позже, мы обвенчаемся с тобой, и завтра же ты выгонишь из дома проклятого Штирнера со всеми его собаками!

— Я согласна.

— Эльза!

— Отто!..

Площадка лифта бесшумно поднялась.

— Ого! Целуются! — вдруг услышали они за собой насмешливый голос Штирнера и, оторвавшись друг от друга, оглянулись. — Какая трогательная сцена!

Штирнер сидел за письменным столом, покуривая сигару.

— Вы здесь зачем? — негодующе воскликнул Зауер.

— По долгу службы, — насмешливо ответил Штирнер. — Доверие, которым облекла меня наша хозяйка...

— Наша хозяйка изменила свое решение и дает вам полный расчет, — перебил его Зауер, — доверенность на ваше имя будет уничтожена. В вознаграждение же за ваши заслуги вам будет выдано полностью двухмесячное содержание с надбавкой пятидесяти процентов.

— Придется мне открывать бродячий цирк, — сказал Штирнер, почесав лоб.

Но, оставшись один, он нахмурился, вынул из ящика стола какие-то чертежи, просмотрел их, сердито проворчал что-то, поспешно вошел в свою комнату и надолго заперся в ней.

## X

## "Девушка с разбитым кувшином"

Прошел месяц. Эмма Фит сидела на своем обычном месте и писала на "Ремингтоне".

Зауер, побледневший, небрежно причесанный, небритый, долго ходил большими шагами по кабинету, искоса поглядывая на Эмму. Потом он подошел к ней и, покачиваясь из стороны в сторону, в упор стал смотреть ей в лицо.

Резвые пальцы Эммы начали делать перебои на клавишах "Ремингтона". Она покраснела под пристальным взглядом Зауера и, не прерывая работы, спросила:

— Почему вы так смотрите на меня, господин Зауер, как будто никогда не видали? Вы мешаете мне работать...

— Фрейлейн Эмма, а ведь вы прехорошенькая!

Эмма покраснела еще больше, но попыталась сделать вид, что не расслышала его слов.

— Странное дело! — продолжал Зауер. — Более года, как вы здесь служите, я встречаюсь с вами каждый день, но только за последний месяц у меня как будто открылись глаза: приятный овал лица, мягкие волосы, к которым хочется прикоснуться и погладить, изумительные глаза! В них детская наивность и лукавство маленького бесенка. Вы живая "Девушка с разбитым кувшином".

— Я не разбивала никаких кувшинов.

— Это картина Грёза. А вы...

— Перестаньте, Зауер.

Эмме приятно было слушать Зауера, но она скрывала свои чувства, боясь гнева Эльзы. А Эльза уже не раз заставала их за такой беседой. Эльза с достоинством проходила мимо, но Эмма чувствовала, что ее "хозяйка", как шутя теперь она звала ее, все видит и понимает.

— Господин Зауер, я не узнаю вас!

— Я сам не узнаю себя, деточка. Философы уверяют, что познать самого себя — самая трудная задача в мире...

Зауера действительно нельзя было узнать. Корректный, аккуратный, педантичный Зауер перестал, чего никогда не было раньше, заботиться о своей внешности, начал ходить по ресторанам, покучивать в подозрительной компании, халатно относиться к делу.

— Вот что, дорогая фрейлейн Фит, довольно вам трещать на этом неблагодарном музыкальном инструменте. Пора кончать. Идемте наверх, я покажу вам в зимнем саду новых золотых рыбок в аквариуме. Их недавно выписал Штирнер в подарок нашей хозяйке.

Эмма колебалась.

Зауер, улыбаясь, многозначительно посмотрел на дверь кабинета.

— Боитесь хозяйки?

Эмма вспыхнула и поднялась:

— Только на одну минуту! Я спешу домой...

Но эта минута длилась более получаса. Зауер болтал и любезничал без умолку. Эмма краснела от тайного страха быть застигнутой. Посмотрев на часы, Эмма вдруг поднялась.

— Боже, я опоздала!.. — И она, поправляя прическу, вышла из зимнего сада в пустынный зал.

— Послушайте, Эмма, едем сегодня с вами в театр, а вечером поужинаем в "Континентале" и послушаем джаз-банд.

Эмма, привыкшая видеть Зауера серьезным, не могла удержаться от смеха. Зауер подхватил ее под руку и, скользя по паркету, повлек к выходу.

Эту сцену наблюдала Эльза, стоявшая меж станками картин. Она часто бродила по галерее.

Когда Зауер и Эмма удалились, побледневшая Эльза вышла из своего угла, прошла в зимний сад и устало опустилась на скамейку перед аквариумом. Журчал фонтан, золотые рыбки медленно двигались за зеленью стекла, всплывали на поверхность и пускали пузырьки воздуха. Было тихо. Птицы сидели на ветвях, нахохлившись, как под дождем.

Эльза опустила голову и увидела лежащий на полу портфель из желтой кожи, с серебряными инициалами "О. З.".

В то же время она услышала приближающиеся шаги.

"Отто Зауер забыл портфель и идет за ним", — мелькнула у нее мысль. Она хотела скрыться в грот, чтобы не встречаться с ним, но, подумав, осталась на месте.

Зауер вошел, напевая шансонетку. Увидев Эльзу, он сделал удивленное лицо, немного смутился, но тотчас принял непринужденный вид.

— А! Изволите прогуливаться по садам? Как вам нравятся золотые рыбки? Я думаю, под хорошим соусом они очаровательны.

Но Эльзу не рассмешила шутка.

— Послушайте, Зауер, что все это значит?

— О чем вы говорите, повелительница?

— О том, что было здесь сейчас, и вообще о всем вашем поведении за последний месяц.

Зауер покраснел:

— Фрейлейн Глюк, я могу задать вам тот же вопрос. Что значит ваше поведение? Вы исполнили ваше обещание? Разве вы уже моя жена, а Штирнер уволен? На каком основании вы предъявляете права на свободу моих поступков?

— Никаких прав я не предъявляю. Я не отказываюсь от своих обещаний, хотя и не выполнила их.

— Почему?

Эльза смутилась в свою очередь. Почему? Она сама не знала. Здесь опять был провал в ее сознании. И она испытала знакомое уже ей неприятное ощущение утраты памяти. Ее мысль билась о невидимую преграду, как муха о прозрачное стекло. Эльза опустила голову и молчала.

А Зауер пытливо рассматривал черты ее лица и ее фигуру и думал, удивляясь:

"И как только я мог любить ее? Ничего особенного! Таких красивых живых манекенов сколько угодно в любом магазине модного платья. Ее шея красива, но несколько длинна. Странно, что я не замечал этого раньше. А эти узкие плечи... А родинка у левого глаза — она совсем не на месте. Эта родинка решительно портит ее!.."

— Вы не отвечаете!.. Вам нечего сказать?

Наконец Эльза ответила:

— Но ведь и вы не оставили службу. Почему?

Она попала в больное место Зауера. Он действительно не ушел по непонятной для него самого причине. Месяц тому назад, как-то неожиданно для самого себя, Зауер охладел к Эльзе и воспламенился любовью к Эмме. Временами он чувствовал тяжесть этого, как и других своих поступков: такой разлад с самим собой выбивал его из колеи. Он испытывал как бы раздвоение личности, и это мучило его. Чтобы забыться, он начал кутить и вести рассеянный образ жизни.

Но ему не хотелось признаться в том, что он сам себе не может ответить на вопрос, почему он не уходит из этого дома. Это раздражало его, и он повернул вопрос в другую сторону:

— А, так вам хочется поскорее избавиться от меня? Теперь все понятно!..

Эльза с укором посмотрела на него:

— Отто, вы опять будете оскорблять меня?

— Будьте совершенно покойны! Мы в достаточной степени измучили друг друга, и нам пора прекратить эту игру. Если хотите знать, я не ухожу отсюда потому, что люблю Эмму Фит. Да, люблю и сегодня же сделаю ей предложение!

Это объяснение казалось ему наиболее правдоподобным, хотя где-то в подсознании он и чувствовал, что обманывает себя: разве не мог он уйти вместе с Эммой?

Эльза откинулась на спинку и только тихо сказала:

— Отто!..

Наступило молчание. В душе Зауера шевельнулось что-то похожее на жалость. Но тотчас промелькнула мысль: лжет, притворяется, как всегда. И он стал говорить с раздражением:

— А чего же вы от меня ожидали? Недоставало, чтобы я согласился играть роль чичисбея, как это водилось когда-то в Венеции!.. Официальный друг дома! От этой почетной должности отказываюсь. При вашем богатстве найдутся другие охотники. А меня увольте. Эмма Фит с неба звезд не хватает, миллиардами не ворочает, вся ее душа состоит из одной простенькой пружинки, но эта девушка сумеет быть честной женой.

Эльза не возражала, склоняя голову все ниже, как под ударами бича.

Зауер поднял портфель.

— Зауер беден, но Зауера нельзя купить за пятьдесят процентов прибавки к жалованью! Простите, меня ждут.

И, преувеличенно любезно раскланявшись, он вышел. Шаги его четко отдавались в огромном зале.

Эльза сидела как пришибленная. Бой часов привел ее в себя.

Она вздрогнула:

— Пять часов. Как поздно!

Сгущались зимние сумерки.

Эльза вышла в зал и огляделась по сторонам. Случайно ее взгляд скользнул по роялю; вдруг ей захотелось играть. Она подняла крышку инструмента, уселась и заиграла.

Ей казалось, что еще никогда она не играла с такой охотой...

Вдруг она вздрогнула.

Прямо перед собой она увидела лицо Штирнера. Когда он вошел?.. Он стоял, прислонившись к роялю, и глядел на нее. Его лицо было бледнее обыкновенного, серьезно и печально. Тонкие губы нервно вздрагивали.

Эльза вскрикнула и прекратила игру.

— Играйте, прошу вас! — сказал он искренне и просто. Эльза, оправившись от испуга, продолжала. Он некоторое время внимательно слушал игру, а потом медленно и тихо стал говорить: — Как прекрасно вы играете! Это "Лебедь"? "Лебедь" Сен-Санса... Говорят, лебедь поет перед смертью... Но лебеди живут долго, очень долго, и преждевременно умирают только смертельно раненные. Неужели и вы ранены? Кем? Разве стоит он того, чтобы из-за него умирать?

— О ком вы говорите? — спросила Эльза, переставая играть и опуская руки на колени.

— О нем, о Зауере! Разве это секрет?

В Эльзе заговорила гордость женщины.

— Господин Штирнер, — сухо сказала она, поднимаясь из-за рояля, — я вас прошу не вмешиваться в мои личные дела!

— Да ведь это и мои личные дела, фрейлейн Эльза, ведь вы знаете, что я люблю вас!

— Но вы знаете, что я не люблю вас.

— В этом, увы, все несчастье... мое и ваше, да, да, и ваше, хотя вы и не понимаете этого. Как бы все было великолепно, если бы вы любили меня! Если бы вы сами полюбили меня, — многозначительно сказал Штирнер.

— А как же иначе можно полюбить?

Штирнер не ответил.

— Послушайте, Эльза, давайте поговорим серьезно. В этом рационализированном зале негде даже присесть... Пройдемте в зимний сад, прошу вас!

Они уселись на той же скамье, на которой только что сидела Эльза.

— Вы прошли тяжелую школу и знаете жизнь, — начал Штирнер. — Вы знаете, как трудно красивой бедной девушке честно заработать кусок хлеба. Теперь вы богаты. Но и богатство имеет свои неприятности. Для мужчины вы становитесь приманкой вдвойне. На красоту очень часто зарятся донжуаны и ловеласы, на богатство — подлецы и проходимцы. Вы не гарантированы теперь, что ваш избранник будет любить вас, а не ваше богатство. Что ожидает вас тогда? С Зауером кончено. Вы одиноки. Посмотрите на вещи трезво. Почему бы мне и не стать вашим мужем? Вы не любите меня. Но, говорят, наиболее счастливые браки те, где сватом бывает не любовь, а разум. Вы можете полюбить меня позже, такие случаи нередки... И потом... У меня огромное дело, грандиозные планы, а ваше отношение ко мне связывает меня, не дает возможности развернуться во всю ширь, отдаться всецело работе... В последний раз говорю вам: решайте!

Эльза отрицательно покачала головой.

— Нет, нет! — поспешно сказал Штирнер. — Не говорите мне сейчас ничего. Обдумайте все спокойно, взвесьте мое предложение и дайте мне ответ... сегодня у нас четверг... в воскресенье вечером, в шесть часов. Это последний срок!

Поклонившись, Штирнер вышел.

Часы гулко пробили шесть.

## XI

## Несостоявшееся свадебное путешествие

Наутро Эльза проснулась с давно уже покинувшей ее ясностью мысли. Ей надо было решить — принять ли предложение Штирнера или отказать ему. Почему ей непременно надо было решить это, она не интересовалась. После утреннего завтрака Эльза уселась в своем любимом уголке зимнего сада, перед аквариумом, чтобы принять окончательное решение.

Однако ей помешали. Вошел слуга и доложил, что ее ожидает в приемной Оскар Готлиб, который очень просит принять его.

"Оскар Готлиб? Откуда он взялся?" — подумала Эльза. Целый рой мимолетных воспоминаний о судебном процессе промелькнул в ее памяти.

Эльза спустилась в приемную второго этажа.

Навстречу ей с низким поклоном шел старик, в котором она не сразу узнала брата покойного банкира. Оскар Готлиб похудел. Он отпустил окладистую седую бороду вместо небольших бачков. Лицо стало длиннее, щеки впали, а мешки под глазами увеличились. Но перемена коснулась не только внешности. Во всей его позе и жестах чувствовалась какая-то пришибленность и приниженность, глаза беспокойно бегали.

— Приношу мои извинения за беспокойство, — сказал он, целуя Эльзе руку, — только крайняя необходимость принуждает меня к этому...

— Прошу вас, — указала Эльза на кресло.

Они уселись. Оскар Готлиб вздыхал, вертел в руках шляпу и молчал. Несколько овладев собой, он заговорил нетвердым голосом:

— Я, право, не знаю, как начать... Прежде всего позвольте уверить вас, что я совершенно примирился с совершившимся фактом... Совершенно... Но самый факт неожиданного лишения наследства поставил меня в необычайно затруднительное положение. Дело в том, что уже после смерти брата и... после вашего отказа от наследства я совершил... я заложил свое имение... Что делать? Молодежь так жадна на развлечения... Большой город... Наряды... Столько соблазнов... Да и хозяйство надо было поправить. Обязательство было краткосрочное. Не думал же я, что вы перемените свое решение и все так обернется! Это я говорю не в упрек, а так, в пояснение. И вот теперь, через неделю, имение пойдет с молотка за неуплату долга. И я разорен... Разорен окончательно, на старости лет, с кучей детей на руках... Их у меня пятеро да жена-старуха...

— Какова же сумма вашего долга?

Оскар Готлиб замялся.

— Большая, солидная сумма, по моим средствам, конечно. Двести тысяч...

Эльза подумала:

— Будьте добры подождать, я сейчас дам вам ответ.

Готлиб не ожидал, что все устроится так просто, и стал заранее горячо и униженно благодарить.

Эльза прошла через комнату личного секретариата, в которой никого еще не было, хотя в этот час занятия уже начинались.

"Странно, — подумала Эльза, — что бы это значило?" И она вошла в кабинет Карла Готлиба, где теперь постоянно работал Штирнер. Здесь она застала его.

— Штирнер, сюда явился Оскар Готлиб...

Штирнер поднял брови:

— Нашелся? Или воскрес из мертвых? Ну что ж, лучше поздно, чем не вовремя. Что ему надо?

— Он просит денег... Его имение продают с молотка.

— Сколько?

— Он говорит, что имение заложено за двести тысяч.

Штирнер поморщился.

— Врет! Имение со всем инвентарем не стоит ста тысяч. Песок да кочки. Дадим ему сто тысяч, и пусть проваливает!

— Послушайте, Штирнер, я все-таки чувствую себя невольной виновницей его несчастий, и потом... он так жалок... Ему нелегко было явиться сюда. Дайте ему двести тысяч... Пожалуйста!

Штирнер рассмеялся:

— Пожалуйста! Это великолепно! Глава банкирского дома почтительнейше просит своего приказчика! Фрейлейн Глюк, все принадлежит вам, и ваше слово — закон. Мое дело маленькое: вертеть колесо и исполнять приказания начальства.

Он быстро подписал чек на двести тысяч, положил чековую книжку в стол и запер на ключ.

— Вот чек.

— Благодарю вас.

— Опять! Когда вы научитесь быть хозяйкой?

Эльза вышла из кабинета и протянула Готлибу бумагу:

— Вот чек на двести тысяч...

Оскар Готлиб взял чек трясущейся от волнения рукой и стал вновь благодарить и извиняться.

— Пожалуйста, не благодарите меня, — смущенно ответила Эльза, — лучше расскажите мне, что с вами случилось. Куда вы пропали после судебного заседания?

Они опять уселись.

— Болел... болел, да, и очень странной болезнью. Когда я вышел из суда, меня вдруг охватила боязнь людей и стыд... Мне стыдно было показаться им на глаза... Вы знаете, что портреты всех участников судебного процесса печатались во многих газетах. И мне казалось, что каждый встречный, каждый проезжающий извозчик, даже мальчишки указывают на меня пальцами и говорят: "Вот человек, лишенный братом наследства за неблаговидный поступок!" И так как никто не знал, в чем состоит этот неблаговидный поступок, то каждый мог думать, что ему угодно: может быть, я совершал подлоги — делал на векселях подписи брата, а может быть, и покушался отравить его. И я бежал... — Старик вздохнул. — Да, я много пережил горьких минут, фрейлейн... Бежал я совсем недалеко. Меня искали по всему свету, а я жил в этом же самом городе. Я укрылся в надежном месте, у своего старого, одинокого друга. "Если ты выдашь тайну моего пребывания хоть одному человеку, я покончу с собой", — сказал я ему. Но об этом не надо было и говорить, он не выдал бы и так.

— Но, простите, — Эльза засмеялась, — вам не было стыдно этого друга?

— Нет! И что удивительно, я не знал его адреса, но нашел его квартиру по какому-то непонятному наитию... Так, шел и пришел... Еще не менее удивительно: друг встретил меня так, как будто ожидал этой встречи, хотя мы несколько лет не видались и даже не переписывались с ним; долгое время я не удосуживался разыскать и навестить его. "Вот ты и пришел", — сказал он мне просто. У него я и прожил. И все время я испытывал чувство страха и стыда. Иногда, вечерами, я как будто приходил в себя. И даже подумывал о том, чтобы выйти на другой день подышать свежим воздухом. Но ночью вдруг я чувствовал, что страх и жгучий стыд вновь наполняют меня так, что на голове шевелятся корни волос... прямо наваждение какое-то! Я плотнее, с головой, укрывался одеялом и лежал притаившись, боясь пошевельнуться. А наутро не выходил в столовую, отговариваясь головной болью. Окна в моей комнате были завешены наглухо.

— Как это странно... — задумчиво сказала Эльза.

— Я читал газеты и, холодея от страха, следил за поисками. Но, к счастью для меня, они шли по ложному пути. За все время я только один раз смеялся: когда прочитал в газетах, что "меня" нашли где-то в Аргентине, забыл сейчас, в каком городе. Конечно, это оказалось ошибкой. Мой двойник был фермером, приехавшим в город по своим делам. Судя по портрету в газете, он действительно похож на меня.

— И долго у вас продолжалось это состояние?

— Ровно до того самого дня, когда последняя судебная инстанция окончательно и бесповоротно решила дело в вашу пользу. Тогда мне все сразу стало безразлично, и я вернулся домой, где и жил, пока не получил извещения о предстоящих торгах. И я решил, что единственный человек, который может спасти меня...

Он не закончил своего рассказа, так как в комнату вошли Зауер и Эмма Фит. Готлиб поднялся и поспешил уйти.

Вид Зауера и Эммы поразил Эльзу. Зауер был во фраке, Эмма в белом платье с букетом белых цветов на груди. Лица их сияли.

Зауер вел Эмму под руку.

— Позвольте вам представить, фрейлейн Глюк, мою жену Эмму Зауер. Поздравьте нас, мы обвенчаны!

Эльза побледнела и поднялась.

Эмма бросилась целовать ее, но, видя смущение Эльзы, остановилась в нерешительности. Эльза поборола волнение, холодно поцеловала Эмму и протянула руку Зауеру. Эмма была слишком счастлива, чтобы заметить эту холодность. Она стала лепетать, сложив по-детски руки на груди:

— Этот Отто, — и она бросила лучистый взгляд на мужа, — такой забавный. Вчера мы были с ним в театре, и вдруг он говорит: "Сейчас мы должны с вами обвенчаться. Едем!"

— И ты так сразу решилась? — спросила Эльза. Эмма сделала уморительную гримаску, которая говорила: "Кто же отказывается от счастья?"

— Все вышло как-то само собой. И мы, не ожидая окончания спектакля, хотя было очень интересно... шла пьеса... господи, я уже забыла!., но это все равно какая... поехали искать пастора. Отто чуть не с кровати поднял его! Такой смешной, заспанный старикашка! Он что-то прочитал, раз-раз — и готово! Ты не сердишься на меня, Эльза? — с неожиданной робостью вдруг спросила она.

Невольная улыбка проскользнула по лицу Эльзы при виде этой детской наивности. И уже с искренним чувством она обняла свою подругу и поцеловала ее.

— Можно ли сердиться на куколку? Ведь ты счастлива?

— Ужасно! — ответила Эмма и даже нахмурила брови.

Но улыбка сошла с лица Эльзы, когда ее взгляд остановился на Зауере. Он смотрел на Эмму влюбленными глазами.

"Нет, этот брак не месть со стороны Зауера, — подумала она, — Зауер действительно любит Эмму... Какое-то наваждение. Наваждение! Кто сказал это слово? Да, Оскар Готлиб... и он говорил о наваждении. Что же все это значит? Я чувствую, что у меня опять начинают путаться мысли..."

— А-а, новобрачные! — Голос Штирнера, стоявшего в дверях кабинета, прервал вереницу ее мыслей.

"Он уже знает?" — с удивлением подумала Эльза.

Ей трудно было еще раз переживать сцену поздравления, в особенности при Штирнере, и она незаметно вышла.

— Поздравляю, поздравляю, — весело сказал Штирнер.

Зауер самым радушным образом крепко пожал руку Штирнера. Казалось, от прежнего недоброжелательства не осталось следа.

— Мы думаем сегодня же вечером выехать в свадебное путешествие, — говорила Эмма, — вы и Эльза не будете против?

На лице Штирнера промелькнуло недовольное выражение, но он тотчас любезно улыбнулся Эмме:

— Конечно, разумеется, прекрасная куколка! Куда вы думаете ехать?

— В Ниццу или в Норвегию, мы еще не решили. Отто хочет в Норвегию, а я в Ниццу...

— Значит, вы будете совершать свадебное путешествие каждый поодиночке? — смеясь, сказал Штирнер. — В Норвегии сейчас вы отморозите ваш маленький носик! — продолжал он. — Надо беречь ее, Зауер. Конечно, вы поедете в Ниццу!

— Ну, прощайте, нам надо собираться в дорогу! — И, схватив мужа за руку, она потащила его к выходу. — Скорей, скорей, Отто, ты такой мешок! Я уверена, что мы везде будем опаздывать с тобой на поезд!

Зауер жил во флигеле, в небольшой уютной квартире.

Молодые вбежали с веселой оживленностью и поспешно стали укладываться, говоря без умолку.

— Итак, в Ниццу?

— Ну что ж, в Ниццу так в Ниццу.

— Господи, все это так скоро, как на пожаре!.. Какой тяжелый чемодан!..

— Можем не ехать... Из него надо выбросить книги... Подай мне несессер...

— Не ехать? Да ты с ума сошел! Конечно, мы едем! Но дорожное платье?..

— Мы купим его в дороге. А для начала твое серое прекрасно подойдет.

Они уселись на полу перед большим чемоданом и стали выбрасывать книги.

Вдруг на минуту они застыли, будто прислушиваясь к какой-то мысли, потом удивленно посмотрели друг на друга.

— Что мы сидим, как китайские болванчики, на полу? — наконец спросила Эмма. — Зачем ты вытащил этот чемодан? Тебе нужно ехать по делу?

— Я никуда не собираюсь ехать, — ответил Зауер. — Я не знаю, зачем мы вытащили этот чемодан. Может быть, тебе хотелось посмотреть эти книги?

— Книги? Эти скучные книги? Какие мы глупые! Мы помешались от счастья!

Звонко рассмеявшись, она поднялась, перепрыгнула через чемодан и поцеловала Зауера.

Зауер хмурился. Случай с зачем-то выдвинутым чемоданом заставил его призадуматься.

— Что ты надулся? Недоволен мною? — И она так плутовски склонила головку, что Зауер вновь стал весел.

— Конечно, недоволен, — сказал он, смеясь. — Ты не успела поселиться у меня, а уже вносишь беспорядок!

— Честное слово, это не я! Это он сам! — указала она ногой на чемодан. — Куш на место! Куш! Да помоги же, несносный!

Эмма и Зауер задвинули чемодан под кровать. О поездке никто из них больше не вспоминал...

# XII

## В шесть часов вечера

— Не забудьте, Эльза, что завтра воскресенье. В шесть часов вечера я получу ваш ответ. А сейчас я уезжаю из города по срочному делу. Вернусь ночью или утром. Всего хорошего!

Штирнер вышел из зимнего сада.

Эльза осталась одна. Но она думала не об ответе Штирнеру: мысли ее были направлены в другую сторону. Она не могла оправиться от удара, который причинил ей Зауер своей неожиданной женитьбой на Эмме Фит.

Она чувствовала себя одинокой, как никогда.

Золотые рыбки медленно двигались в аквариуме, блестя на поворотах и плавно помахивая мягкими хвостиками.

Эльза завидовала им. Эти рыбки жили в неволе, в стеклянном ящике, как и она. Но у них было свое маленькое игривое общество, и они не знали мучительных сомнений. Она себя чувствовала более несчастной, чем в самые тяжелые дни своей трудовой жизни. Что дало ей богатство?

Судебный процесс, в котором была какая-то тайна, и богатство отделили ее от шумной толпы простых людей, которые живут, как им нравится, гуляют по улицам, ходят в кинематограф. Каждый ее выезд обращал внимание, тысячи любопытных взглядов встречали ее. И она отказалась от выездов. Не было удовольствия, которого она не могла бы себе разрешить, и вместе с тем она была лишена их всех. Только прозрачная стена из стекла отделяла ее от широкого мира, переливающегося всеми красками, но эта стена была непреодолима для нее. С тоской в голосе она шептала:

— Какая я несчастная, какая я несчастная!

Вот, как вчера, как третьего дня, как много дней тому назад, пробили часы, гулко отдаваясь в пустынных комнатах. Где-то внизу прорычал автомобиль. Это отъехал Штирнер...

Штирнер! Завтра ему нужно дать ответ. Она чувствовала — это последний срок.

— Почему нужно?

Время шло. И странно, после отъезда Штирнера мысли ее все больше прояснялись. Будто какая-то пелена спадала с глаз. Оскар Готлиб, его болезнь, похожая на "какое-то наваждение", любовь Зауера к Эмме, странная и неожиданная, как наваждение...

Вся цепь нелогичных, нелепых, противоречивых поступков, окружавших ее людей с того самого момента, как погиб Карл Готлиб, — разве не похоже все это на наваждение? Вот слово, которое дает ключ к тайне! Но откуда оно, это наваждение? Кто устоял против него? Штирнер! Он один.

Штирнер!..

А что, если он и есть причина всего этого? Его странный разговор в лодке, его намеки на какое-то могучее орудие, при помощи которого он может покорить мир. Неужели это не пустая болтовня? Неужели он обладает этим средством и играет людьми, как кошка с полупридушенными мышами? Но откуда у него эта сила? В чем она? Кто он, кудесник, новый Калиостро? Свенгали?..

Эльзе вдруг сделалось так холодно, что она задрожала.

Штирнер представился ей коршуном, который носится над птицей в степи. И эта птица — она. Не уйти, нет, никуда не уйти от этого человека. Он не упустит ее из цепких когтей.

Эльза поднялась, тяжело дыша, и вновь опустилась на диван.

Ее охватил ужас.

— Нет, нет, нет! — вдруг вскрикнула она так, что птицы в испуге вспорхнули с веток.

В зале эхо отчетливо повторило ее слова. И странно, это неожиданное эхо как-то ободрило ее, как будто кто-то подкрепил ее, как будто невидимый друг вторил ей: "Конечно, нет!" Нельзя сдаваться без борьбы, нельзя сделаться безвольной игрушкой другого, отдать себя нелюбимому человеку.

Она вошла в зал, чтобы успокоиться.

"Что делать? Что делать?" — подумала она, блуждая по залу. Случайно одна картина бросилась ей в глаза. Какой-то всадник-бедуин на арабской лошади мчится по пустыне в развевающемся белом плаще с капюшоном, спасаясь от нагонявших его преследователей.

"Вот как надо встречать смертельную опасность! Быть может, он погиб, но он боролся до конца... Бежать! Бежать во что бы то ни стало!"

Эльза подошла к роялю и села на табурет. Перед ней вдруг пронеслась недавняя сцена, когда Штирнер стоял и слушал ее музыку. Никогда еще его длинное бледное лицо с иронической улыбкой не возбуждало в ней такого содрогания и отвращения.

Бежать немедленно! Но как? У нее нет даже денег!

— Миллиардерша! — с горечью прошептала она. — Миллиардерша — нищая!..

Вчера еще она подарила Готлибу двести тысяч, но для себя она никогда не брала денег у Штирнера. Что-то, быть может гордость, удерживало ее.

Да и для чего ей нужны были деньги? Она почти никогда не выезжала в город. Если же и делала какие-либо покупки, то ей доставляли их на дом, и Штирнер расплачивался.

Она вспомнила вдруг, что у нее в сумочке должны были остаться деньги от последней получки. Она быстро пошла в свою комнату и лихорадочно раскрыла сумку.

Деньги на месте. Их немного, но выехать хватит. А дальше? В каждом городе любой банк открыл бы ей неограниченный кредит, но вексель отошлют для оплаты в ее банк, и тогда Штирнер узнает, куда она уехала.

Эльза задумалась.

Ах, все равно! Лучше быть нищей, чем покориться тому, что ожидает ее здесь...

И она наскоро оделась и спустилась во второй этаж. У входной двери лежал пятнистый дог. Он ласково помахал хвостом, увидя ее. Эльза погладила его и хотела сдвинуть с места, но дог не трогался. Она сделала попытку обойти его и открыть дверь. Дог вдруг вскочил, встал на дыбы, положил ей передние лапы на плечи и угрожающе зарычал, отодвигая ее назад.

Она была испугана этой неожиданной выходкой собаки и отступила.

— Буцефал! Что с тобой? — ласково сказала она. Собака завиляла хвостом, но при новой попытке Эльзы зарычала на нее еще более грозно. Штирнер оставил верных сторожей! Позвать на помощь? Она не хотела подымать шума. Вдруг у нее мелькнула мысль. Она быстро прошла в кабинет Готлиба. Дверь оказалась открытой. Сесть в кресло, стоявшее на площадке лифта, нажать кнопку — дело одной минуты. Она спустилась в отделение банка, радуясь удаче.

"Я перехитрила вас, Штирнер!"

Сторожа с удивлением посмотрели на ее необычное появление, но почтительно пропустили. Она боялась, что им дан приказ от Штирнера не выпускать никого.

С сильно бьющимся сердцем переступила Эльза порог дома, ставшего ей ненавистным, вдохнула полной грудью весенний воздух и замешалась в уличной толпе. Какое счастье! Она была свободна. Завернув за угол, она наняла таксомотор и приказала ехать на ближайший вокзал. Только бы скорее подальше отсюда!..

На вокзале она удивила носильщика, спросившего, куда ей взять билет.

— Все равно... Сколько можно проехать вот на эти деньги?..

Эльза сделала неосторожность: удивив носильщика, она оставила след в памяти этого человека и тем самым давала нить для розыска, но она была как в лихорадке и не обдумывала своих слов.

Ее нервное напряжение улеглось только после того, как паровоз прогудел последний раз и вагон плавно качнулся. До последней минуты она боялась погони Штирнера, хотя и знала, что его нет в городе.

Когда промелькнули предместья города и открылись поля, она готова была плакать от радости. Вечернее солнце золотило здания ферм. Стада паслись, медленно бродя по изумрудно-зеленой весенней траве.

Все приводило ее в восторг. Она не отрываясь смотрела в окно, и весело напевала:

"Я вольная птица, хочу я летать..."

О будущем она не думала. Она упивалась свободой. Только когда зашло солнце, ландшафт затянули сумерки и в вагоне зажгли свет, она задумалась...

— Э, хуже не будет! — Она быстро разделась и, утомленная пережитыми волнениями, крепко уснула.

Она не помнила, долго ли спала.

Но вдруг проснулась, как от толчка, и с недоумением оглянулась вокруг. Вагон... Как попала она в вагон? В душе быстро нарастало смятение и какое-то еще не оформившееся чувство. Это чувство росло, крепло, прояснялось...

Назад! Она немедленно, сейчас же должна вернуться. Назад! Штирнер! Милый Штирнер! Он ждет ее! И перед нею предстало печальное, бесконечно дорогое лицо, каким она видела его, когда играла на рояле.

Она быстро оделась и вышла в коридор. Заспанные пассажиры с полотенцами в руках направлялись умываться. Был ранний час утра.

— Проводник, скажите, скоро остановка?

Толстый проводник с возмутительной медлительностью вынул большие серебряные часы, не спеша открыл крышку и, подумав, ответил:

— Через двенадцать минут, фрейлейн.

Эльза топнула каблуком:

— Возмутительно! Как долго ждать! А обратный поезд когда пойдет?

— Встречный пойдет в одно время.

Эльза от нетерпения кусала губы.

Когда поезд наконец подошел к станции, она почти на ходу выбежала из него и вошла в вагон встречного поезда, идущего назад.

Она не имела билета, и контролер составил протокол, но Эльза даже не заметила этого, механически отвечая на все вопросы.

Когда она назвала свою фамилию, контролер с почтительностью и любопытством посмотрел на нее.

Эльза от нетерпения не находила места. Она вышла из купе, ходила от окна к окну и привлекала внимание пассажиров своим странным видом и беспокойными движениями. Она готова была плакать от досады, что скорый поезд идет так медленно.

— Скоро мы приедем? — спрашивала она ежеминутно, и пассажиры, которым надоело отвечать на ее вопросы, стали сторониться ее. Тогда она пошла в свое купе, легла ничком на диван и, сжав виски до боли, как в бреду, твердила: — Людвиг! Людвиг! Людвиг!.. Когда же я увижу тебя?

Наконец поезд остановился.

Эльза, толкая пассажиров, пронеслась по дебаркадеру и по залу, выбежала из вокзала и впрыгнула в автомобиль.

— Банк Эльзы Глюк! Скорей, скорей, скорей! Как можно скорей!..

Штирнер стоял среди кабинета, ожидая Эльзу. С растрепанными волосами ворвалась она в кабинет, бросилась к нему и с рыданием крепко обняла его.

— Людвиг, милый, наконец-то!..

На лице Штирнера отражались счастье и печаль.

— Моя!.. — тихо произнес он, целуя Эльзу в закрытые глаза.

Часы пробили шесть.

# Часть вторая

## I

## Биржевая паника

Коммерческий мир переживал панику.

Начиная с мая биржа вступила в полосу жесточайших потрясений. За месяц было зарегистрировано более двух тысяч конкурсов. В июне число их поднялось до пяти. Пока гибли мелкие предприятия, финансовые газеты пытались ослабить впечатление надвигающейся катастрофы и успокаивали общественное мнение тем, что кризис лишь очистит экономическую жизнь страны от несолидных и лишних предприятий, выросших на почве валютной спекуляции. Но в июне жертвою кризиса сделалось несколько старейших и крупнейших предприятий. Этот удар тяжело отразился на промышленности и на массе мелких держателей акций. И газеты уже не скрывали тревоги. Надвигалась настоящая катастрофа, тем более страшная, что само возникновение кризиса не поддавалось обычным объяснениям экономической конъюнктуры. Как будто новая, неведомая болезнь страшной эпидемией прокатилась по финансовым предприятиям, захватывая все новые жертвы. В начале июля во всей стране осталось только три крупнейших банка, которые устояли: Мюнстерберга, Шумахера и Эльзы Глюк. Первые два понесли уже потерю до тридцати процентов своего капитала. Банк Эльзы Глюк не только не понес потерь, но почти утроил свой капитал. Последняя борьба за существование должна была произойти между этими тремя финансовыми колоссами. Банк Эльзы Глюк имел капитал, превышающий капиталы Мюнстерберга и Шумахера, взятые в отдельности. Но при объединении этих банков против банка Эльзы Глюк перевес мог оказаться на стороне двух против одного.

Правда, могла быть и иная комбинация: войти в соглашение или даже слить капиталы, выговорив себе известные права, с банком Эльзы Глюк. И Мюнстерберг и хитрый Шумахер, каждый в отдельности, тайком друг от друга, делали эту попытку, подсылая верных людей к Штирнеру позондировать почву. Но этот "злой гений", как называли

Штирнера в биржевых кругах, не шел ни на какие соглашения. Он был оскорбительно насмешлив, беспощаден и неумолим к своим соперникам. Необычайное счастье в биржевой игре, безошибочное предугадывание биржевых курсов, совершенно непонятное влияние на окружающих делали Штирнера страшным.

Банкиры и биржевые маклеры рассказывали друг другу пониженным голосом, как бы боясь, что их подслушает неведомый враг, о многочисленных случаях странной гибели банкиров, обращавшихся лично к Штирнеру. О чем говорил с ними Штирнер, они никому не рассказывали. Но, побывав у него, эти банкиры будто лишались рассудка и всего своего опыта, совершали нелепые сделки, которые лишь ускоряли их разорение, а их капиталы переливались в подземные кладовые банка Эльзы Глюк. Несколько этих разорившихся людей покончили жизнь самоубийством. Поэтому Мюнстерберг и Шумахер и решили действовать через целую цепь посредников, опасаясь личного свидания.

Когда переговоры со Штирнером не привели ни к чему, для Шумахера и Мюнстерберга стало ясным, что только слияние этих двух банков, враждовавших между собою более полустолетия, даст возможность если не победить, то продолжать упорную борьбу со злым гением.

Борьбу эту им казалось вести тем легче, что они обладали большинством акций крупнейших торгово-промышленных предприятий страны: каменноугольные шахты, производство анилиновых красок, автомобильные и радиозаводы, электрическое освещение, городские железные дороги, судостроительные заводы... Акции этих предприятий находились в руках миллионов мелких держателей — небогатых фермеров, канцелярских служащих, пароходных коков и даже мальчиков, поднимающих лифты. Все они связали судьбу своих небольших сбережений с судьбой банков Мюнстерберга и Шумахера. За банкирами было широкое общественное мнение.

Утром пятнадцатого июля Зауер, преданнейший и усерднейший помощник Штирнера, вошел в кабинет с очередным докладом.

Зауер крепко пожал протянутую Штирнером руку.

— Здравствуйте, Зауер! Как здоровье вашей куколки?

— Благодарю вас. Мой испуг оказался напрасным. Вчера был врач.

— И что же он нашел у фрау Зауер?

Зауер со счастливым и несколько смущенным лицом ответил:

— Она готовится стать матерью...

— Вот как? Поздравляю! Передайте ей мой привет. А на бирже что творится? Есть новости?

— Есть, и крупная новость. Мюнстерберг и Шумахер создают единый фронт против нас. Они подали заявление об образовании акционерного общества, и, как говорят в биржевых кругах, правительство пойдет им навстречу.

— Я знал это.

Зауер сделал удивленное лицо. Штирнер усмехнулся.

— Что же им остается делать? — ответил Штирнер. — Звери всегда сбиваются в кучу для защиты от более крупного врага. А правительство? Оно само хочет иметь прослойку между государственным банком и мною. Потому что если треснут толстый Мюнстерберг и худой Шумахер, то в государстве останутся только две финансовые силы, только две, Зауер: я, то есть банк моей жены, и Государственный банк. И еще неизвестно, кто кого победит.

Даже Зауер, привыкший к головокружительным успехам своего друга, был удивлен:

— Не слишком ли высоко залетаете, Штирнер?

— Друг мой, мы живем в мире неустойчивого равновесия. Для нас только два пути: или вверх, или вниз. При остановке катящееся колесо должно упасть набок. Как реагирует биржа на предстоящее слияние банков?

— За один день бумаги Мюнстерберга и Шумахера поднялись на пятьдесят пунктов, — ответил Зауер.

— Бросьте наших маклеров скупать эти бумаги.

— Вы играете на Мюнстерберга и Шумахера?

— Я играю на Глюк. Неужели вы не понимаете еще моей игры? Накручивайте, Зауер, накручивайте. Чем они будут выше, тем лучше. Мне надоело охотиться на мелкую дичь, и я хочу кончить всю эту биржевую возню одним ударом.

Подписав бумаги, Штирнер отпустил Зауера, но потом, что-то вспомнив, окликнул его:

— Послушайте, Зауер, узнайте домашние адреса министра торговли и промышленности и министра финансов.

— Их адреса вы можете найти вот в этом справочнике.

— Ах да... Благодарю вас. Как вы думаете, Зауер, не удалось бы нам пригласить их ко мне под каким-нибудь предлогом?

— Не думаю.

— Они не удостоят этой чести Людвига Штирнера?

Посмотрим, что будет через месяц-два, а пока обойдемся и без этого визита. Дайте мне, пожалуйста, план города.

Зауер подал.

— Благодарю вас. Вы свободны, Зауер.

Штирнер разложил большой план на столе, положил компас и повернул план так, чтобы север на нем точно соответствовал стрелке компаса. Затем он тщательно отметил точками на плане места, где жили министры, и банк Эльзы Глюк, соединил эти точки линиями и записал в блокнот углы.

— Так... Ну-с, господа министры, если гора не идет к Магомету...

Не договорив, он прошел в свою комнату, смежную с кабинетом, и заперся на ключ.

Минут через десять в кабинет вошла Эльза и уселась в глубокое кресло у письменного стола. Щелкнул замок, и Штирнер вышел из своей комнаты. Эльза быстро поднялась и пошла к нему навстречу, протягивая руки. Штирнер поцеловал обе руки.

— Ты хотел меня видеть, Людвиг?

Он взял ее под руку и повел.

— Да, мой друг, я кончил свою утреннюю работу и хочу позавтракать с тобою в зимнем саду.

Эльза была обрадована:

— Ты так мало со мной видишься, Людвиг.

— Что делать, дорогая, у нас идут бои... Знаешь ли ты, что твое состояние утроилось, а через несколько дней в твоих руках будут капиталы всех частных банков страны?

Они уселись за большим столом, накрытым для завтрака. Штирнер налил в бокалы вина.

— Ты будешь королевой биржи.

Он отпил глоток.

— Да и биржи никакой не будет. Вся биржа будет здесь. Если бы ты уже не была моею женой, с каким удовольствием многие принцы крови предложили бы тебе руку и сердце! И если во всем этом богатстве, во всем твоем могуществе немножко виноват и я, то признайся, что Штирнер не такой уж пустой болтун!

— Я этого никогда не говорила! — горячо возразила Эльза.

— Да? Тем лучше.

Они чокнулись.

— Людвиг, я была бы более счастлива, если бы ты утроил не мое состояние, а время, которое ты уделяешь мне. Если бы ты знал, как я томлюсь в одиночестве... Я только и живу ожиданием, когда увижу тебя.

— Еще немного терпения, моя дорогая! Я скручу по рукам наших последних соперников, брошу их к твоим ногам, как военную добычу, и тогда...

Вошел Зауер и почтительно поклонился Эльзе. Она ответила ему любезным кивком головы.

— Простите, пожалуйста, что я беспокою вас. В гостиной вас, Штирнер, ждет какой-то господин, говорит, что явился по неотложному делу. Я сильно подозреваю, что это агент Шумахера. Он лично желает переговорить с вами.

Штирнер вышел.

— Ну, как Эмма? — спросила Эльза.

— Благодарю вас... Все хорошо...

— А что я вам говорила? Ведь я была права! Напрасно волновались. У Эммы будет ребенок!.. Подумать только! Ей самой в куклы еще играть. Я непременно зайду к ней сегодня...

— Она будет очень рада вас видеть.

Штирнер вернулся.

— Вы не ошиблись, Зауер. Старая лиса Шумахер готов в последнюю минуту предать своего союзника, если только я приму его к себе на правах компаньона... И запугивает, и сулит всякие выгоды — словом, пускает весь арсенал своей спекулятивной мудрости.

— Что же вы ответили?

— Я сказал: передайте господину Шумахеру, что мне ни компаньоны, ни гувернантки не нужны. Садитесь, Зауер, с нами завтракать.

Они весело болтали, как люди, связанные искренней дружбой и взаимным уважением. От прежних бурь не осталось и следа.

## II

## Побеждает сильнейший

В тот день, когда правительство должно было утвердить новое акционерное общество, объединявшее банки Мюнстерберга и Шумахера, Штирнер вызвал к себе Зауера рано утром и отдал приказ:

— Продайте все акции Мюнстерберга и Шумахера, спустите все до последней бумаги.

— Но они поднялись за одну ночь на двадцать шесть пунктов. Получены достоверные сведения, что утверждение акционерного общества обеспечено. Мне кажется...

— Не беспокойтесь ни о чем и выполните точно мой приказ. Поезжайте сейчас же на биржу сами и сообщите мне обо всем по телефону.

Зауер пожал плечами и уехал.

А через час уже звонил телефон.

— Акции берут нарасхват. Они идут в гору.

— Отлично, Зауер. В котором часу заседание правительства?

— В два часа дня.

— Успеете за это время продать все акции?

— Для этого достаточно часа.

— Тем лучше. Телефонируйте мне через час.

Не прошло и получаса, как Зауер сообщил:

— Акции проданы все до единой. На бирже творится что-то невероятное. Толпа запруживает всю площадь перед биржей. Уличное движение приостановлено. С большим трудом проезжают трамваи, автомобили не могут...

— Это мне неинтересно. Как наши акции?

— Увы, понижаются.

— Великолепно. Выждите, когда они понизятся еще больше, и тогда начинайте скупать...

— Людвиг, ты очень занят? — спросила Эльза, входя в кабинет.

— ...Скупите все, что будут предлагать, — продолжал Штирнер говорить в телефон. — Звоните почаще. — И, обратившись к Эльзе, сказал: — Да, я очень занят, дорогая. Завтракай одна. Сегодня я не отойду от телефона весь день и, вероятно, всю ночь.

Эльза сделала недовольный жест. Штирнер положил трубку телефона и подошел к Эльзе.

— Что делать, милая, потерпи. Сегодня я даю генеральное сражение. Я должен его выиграть, а завтра ты будешь некоронованной королевой, в твоих руках будут богатства...

— Людвиг! — с упреком сказала Эльза.

— Ну хорошо, не буду говорить об этом. Как Эмма? Ты была у нее?

— Врач сказал, что у нее почки не в порядке — кто бы мог подумать? — и ей опасно иметь ребенка...

— Так, так, — рассеянно слушал Штирнер.

— Но она говорит, что умрет, но не откажется от ребенка.

— Так, великолепно.

Опять затрещал звонок. Штирнер вздрогнул и, наскоро поцеловав Эльзу в лоб, сказал ей:

— Будь умница, не скучай. Когда все это кончится, мы с тобой поедем на Ривьеру. Алло! Я слушаю.

Эльза вздохнула и вышла.

— В двенадцать часов? То есть через час? Тем лучше! Как только вы узнаете о решении правительства, непременно сообщите...

Бросив трубку, Штирнер в волнении зашагал по кабинету.

— Вместо двух правительство решит этот вопрос в двенадцать. Значит, действует! Теперь я верю в успех, как никогда. А если здесь победа, то победа во всем! И Штирнер всесилен!

Он закинул голову назад, полузакрыл глаза и застыл на минуту с улыбкой на лице.

— Однако не время упиваться властью. Надо собрать все силы для последнего удара.

Штирнер пошел в свою комнату и заперся на ключ.

Через час он вышел усталый, побледневший, поправил нависшую на лоб прядь волос, опустился в кресло и полузакрыл глаза.

Звонок. Штирнер вскочил, как на пружине, и сорвал телефонную трубку.

— Алло! Да, да, я... Это вы, Зауер?

Но звонил не Зауер, а один из агентов Штирнера, Шпильман.

— Ошеломляющая неожиданность! Только что кончилось заседание. Правительство отклонило утверждение устава акционерного общества. Шумахер, бывший на заседании, крикнул в лицо министру: "Предатель!" Мюнстерберга хватил удар, и он в бессознательном состоянии отвезен домой.

Штирнер не дослушал. Дрожащей от волнения рукой он опустил телефонную трубку и так громко крикнул на весь кабинет: "Победа!", что проснулся лежавший у его кресла Фальк и, вскочив, с недоумением посмотрел на своего хозяина.

— Победа, Фальк! — Бросив в угол кабинета платок, Штирнер приказал: — Пиль!

Собака в несколько прыжков добежала до платка, схватила его и принесла хозяину.

— Вот так все они теперь! Ха-ха-ха!.. — нервно смеялся Штирнер. Он поднял собаку за передние лапы и поцеловал ее в лоб. — Но их я не буду целовать, Фальк, потому что они глупее тебя и они меня ненавидят. О, тем приятнее заставить их носить поноску!

Опять звонок.

— Зауер? Да, я уже знаю. Мне сказал Шпильман. Как реагирует биржа?

— Взрыв бомбы произвел бы меньшее впечатление. Биржа превратилась в сумасшедший дом.

— Акции Мюнстерберга?

— Головокружительно падают. Вы гений, Штирнер!

— Теперь не до комплиментов. Когда акции крахнувших банков будут котироваться по цене оберточной бумаги, можно будет скупить их... Мы сумеем вернуть им ценность. Но это успеется. Дело сделано, и вы можете уехать, Зауер!

— Я не могу выйти. Люди превратились в обезумевшее стадо. Сюда не могут даже пробраться санитары "Скорой помощи", чтобы унести упавших в обморок и смятых толпой.

— Ну что ж, если вы лишены свободы, сообщите мне, что у вас делается.

И Зауер сообщил. Фондовые маклеры устроили десятиминутное совещание, на котором решили, что удержать бумаги Мюнстерберга, Шумахера и всех связанных с ними банков нет никакой возможности. Крах совершился. Каждая минута приносила разорение целых состояний. Бумаги ежеминутно переходили из рук в руки. После полуночи нервное напряжение достигло наивысшей точки. Не только площадь перед биржей, но и соседняя площадь были запружены автомобилями крупных держателей бумаг. Они сидели в своих лимузинах всю ночь, бледные и утомленные, с блуждающими глазами. Бюллетень за бюллетенем приносили вести о непрестанном понижении курсов. Эти курсы передавались по телефону, но уже в момент отправки телефонограммы не соответствовали действительности. Толпы людей, как во время стихийного бедствия, разбили лагерь на соседнем бульваре и платили за право сидеть на бульварной скамейке больше, чем стоит номер в лучшей гостинице. Под утро два маклера и один банкир впали в буйное помешательство.

— Смерть Штирнеру! — кричал маклер. С большим трудом удалось отвезти помешанных в больницу.

Только когда забрезжил рассвет, волнение улеглось, как пламя догоревшего пожара. Вчерашние богачи выходили из биржи постаревшими на десять лет, сгорбленными, поседевшими, с дрожащими ногами. Толпа поредела. Зауер наконец получил возможность выйти из здания биржи и, шатаясь от усталости, вдохнул полной грудью свежий воздух.

"Такая же паника царит сейчас во всей стране... — подумал он. — В эту ночь разорились сотни тысяч людей, миллионы мелких вкладчиков потеряли свои сбережения. Этот сумасшедший кричал о Штирнере, винил во всем его. Но Штирнер не виноват. Побеждает сильнейший. Штирнер молодец. Гениальная голова!"

Зауер улыбнулся и тотчас устало зевнул.

А Штирнер, получив от Зауера последнее сообщение по телефону, встал из-за стола и сладко потянулся. Его волнение улеглось. Он испытывал чувство той приятной усталости, которое охватывает человека, когда он хорошо поработал и доволен результатами труда. Он победил. И его победа больше, чем победа над банкирами и министрами. Он победил сопротивляемость человека! Готлибы, Эмма, Зауер, Эльза... Теперь вот они!..

— Никто в мире больше не может сопротивляться мне, весь мир скоро будет моей собственностью! — гордо сказал он.

Ему не хотелось спать.

Он прошел наверх и постучал в комнату Эльзы.

Она была одета и не спала. Быстро открыла дверь и, сияя, протянула ему руки.

— Наконец-то ты вспомнил обо мне, Людвиг!

# III

# Белая вилла

Банк Эльзы Глюк, он по-прежнему назывался по девичьей фамилии Эльзы, сделался неограниченным владыкой финансового мира.

Впрочем, сама Эльза никак не почувствовала увеличения своего могущества. По-прежнему бродила она одиноко в своих пустых комнатах, живя мыслью о коротких свиданиях со Штирнером. Но он все еще был слишком занят, чтобы уделять ей больше времени. Эльза всегда чувствовала, когда он хочет ее видеть. Сладкий трепет пробегал по ее телу, и она без зова спешила вниз, зная, что Штирнер свободен и не отошлет ее от себя. Но, бывало, тянулись дни, протекала неделя, а Штирнер только по утрам показывался к ней, рассеянно здоровался и исчезал. Иногда он отлучался из города на несколько дней. И тогда на нее нападала какая-то апатия, и она даже не хотела его видеть. А если встречала его тотчас после возвращения, то была холодна. Штирнер недовольно морщился и спешил в свою запретную даже для нее комнату. После нескольких минут пребывания Штирнера в его комнате она вдруг замечала, как горячее чувство любви начинает наполнять ее. И когда Штирнер выходил из своей комнаты, она встречала его взглядами, полными нежности.

Штирнер еще хмурился, будто какая-то мысль тяготила его. Но искреннее чувство Эльзы скоро захватывало и Штирнера. Он был внимателен и любезен, и она жадно ловила эти редкие минуты...

Их отъезд затягивался.

Штирнер поставил себе новую задачу: прибрать к своим рукам всю промышленность страны, пользуясь тем, что большинство предприятий были должниками банка Эльзы Глюк.

Заводчики и фабриканты боролись упорно, но Штирнер методически захватывал в свои руки их фабрики и заводы.

И только когда борьба была решена в пользу Штирнера, он позвал Зауера и Эльзу и сказал:

— Наконец я могу отдохнуть и совершить с некоторым опозданием наше свадебное путешествие. Вы, Зауер, справитесь с делом. Борьба, в сущности, кончена. Остается только легализовать наши права: опротестовать векселя "последних могикан", объявить торги на их фабрики и заводы и закрепить за собой предприятия, потому что кто же купит их, кроме нас? Завтра утром мы вылетаем. Как здоровье жены?

Зауер сокрушенно покачал головой:

— Вы бы ее не узнали, Штирнер, она очень изменилась к худшему.

— Ну еще бы, это в порядке вещей, — улыбаясь, ответил Штирнер.

— Нет, я не о том, — несколько смутившись, ответил Зауер, — у нее очень опухли ноги и лицо: почки. Она не послушалась врачей, а теперь уже роды неизбежны. — И с искренней озабоченностью он сказал: — Я очень беспокоюсь за свою куколку...

— Теперь уже приходится заботиться о двух куколках сразу. Не бойтесь, Зауер. К вашим услугам будут лучшие профессора. Не забывайте телеграфировать мне обо всем. Передайте мой привет вашей жене.

В ночь перед отлетом Штирнер не спал. Он чем-то занимался в своей комнате. Эльза дремала у себя. Но и сквозь сон она чувствовала, что по ней как будто проходят какие-то нервные или электрические токи и все усиливающаяся любовь к Людвигу переполняла ее. Несколько раз она в полусне протягивала руки и нежно шептала:

— Людвиг! Милый Людвиг!..

А с первыми лучами солнца она уже вылетела вместе с ним на собственном самолете.

Они летели в Ментону, на одну из принадлежавших ей вилл, купленную Карлом Готлибом незадолго до его смерти.

После долгой жизни взаперти и полуодиночества этот полет в обществе Людвига казался ей сказочно прекрасным.

Ей одновременно хотелось смотреть на Людвига и любоваться развертывающейся внизу панорамой. Глядя на открывавшийся перед нею необъятный простор, она весело напевала:

Я вольная птица, хочу я летать!..

— Глупая песенка, — обратилась она со смехом к Штирнеру, — "хочу я летать". Надо петь: "Я вольная птица, с тобой я лечу". Смотри, как смешно: отсюда мы видим только черепичные крыши, и дома кажутся красивыми квадратиками на зеленом ковре. А это что за муравьи? Да ведь это стадо! Какое крохотное! Что там за снежные горы сияют вдали?

— Альпы.

— Уже Альпы! Мы будем лететь выше орлов!..

Никогда она не чувствовала себя такой счастливой.

Спуск совершился благополучно на небольшом аэродроме около Ниццы. Через час они были в своей вилле.

Вилла была расположена недалеко от Вентимильи, у границы, разделяющей здесь владения Франции и Италии.

Прекрасная белая вилла, стоявшая почти у берега моря, облицованная мрамором, вся утопала в зелени. Апельсиновые деревья были покрыты крупными плодами. На площадке перед виллой росли пальмы. Красная гвоздика ярким ковром покрывала эту площадку.

Единственным неудобством виллы было то, что близко проходило полотно железной дороги. Поезда шли почти беспрерывно, громыхая над головой. Но Эльза даже не замечала этого неудобства: ночью она хорошо спала, и шум не будил ее, а днем они совершали прогулки в горы, катались на своей яхте или летали на гидроплане вдоль берега, к Ницце и обратно. Замок игрушечного княжества Монако, прилепленный к желтым скалам, как ласточкино гнездо, сам казался игрушкой. Белой ниточкой протянулся у берега прибой. На пляже видны были гуляющие величиною менее булавки. А когда пилот, поворачивая обратно, направлял серый нос гидроплана в открытое море, зрелище было еще более изумительным. Края горизонта, высоко поднятые благодаря оптическому обману, превращали море в синюю чащу, над которой была опрокинута голубая чаша неба. И казалось, что гидроплан находился в центре шара. Внизу проплывали игрушки-парусники... Эльзе хотелось смеяться от радости и счастья.

Она возвращалась на виллу бодрая, жизнерадостная, как никогда.

После рационализированного, холодного, полупустого стеклянного ящика — дома Готлиба — вилла казалась необычайно уютной и "жилой". Здесь Готлиб не успел еще ввести своих чудачеств. Вся обстановка была несколько старомодна, но красива и удобна. Не новый, но хороший рояль очень понравился Эльзе, и она играла на нем в теплые вечера. Дверь на балкон была открыта, над водной гладью поднималась луна, бросая на море серебряную полосу, а ожившие от ночной прохлады туберозы дышали сладкой истомой.

И пьесы, которые она играла, были такими же красивыми, полнозвучными и спокойно-радостными, как эти южные ночи. Казалось, отдыхал и Штирнер. Даже очертания лица его стали мягче, и ироническая улыбка не кривила губы. Только иногда, останавливая взор на Эльзе, Штирнер вдруг становился задумчив и печален.

Две недели прошли незаметно.

Но в начале второй недели Эльза почувствовала в себе какую-то перемену. Она как будто стала пробуждаться от сна. Эльза уходила к себе и подолгу сидела одна. Непрошеные мысли снова начали беспокоить ее. И, чему она сама удивлялась, Людвиг как будто становился ей менее дорог. Она глядела на его лицо, и оно становилось как будто все более длинным и неприятным.

Штирнер замечал это и хмурился все больше. Не радовали его и телеграммы Зауера. Он сообщал о ряде неудач. За время отсутствия Штирнера возродилось несколько банков. Некоторые крупнейшие заводчики и шахтовладельцы сумели получить заграничный кредит и оплатили векселя, выйдя таким образом из-под финансовой кабалы Штирнера. Но главное — с отъездом Штирнера против него поднялась большая газетная кампания. Объединение в руках одного банка Эльзы Глюк всего финансового и промышленного богатства страны признавалось опасным для государства и интересов населения. Правительственные газеты были так же вооружены против Штирнера, как и частные.

Необычайный, беспримерный успех Штирнера давал тему для самых различных предположений и толкований, причем большинство газет склонялось к тому, что, чем бы ни был вызван этот успех, он выходит из обычных рамок, а потому необходимо бороться с этим могуществом также необычными мерами, не предусмотренными в законе. Возможно, что правительство издаст специальное законодательное постановление, направленное против Штирнера. Министры, не утвердившие устава акционерного общества Мюнстерберга и Шумахера, принуждены были под влиянием общественного мнения подать в отставку, хотя негласное следствие, которое велось против них, не могло установить наличия корыстных мотивов в их поведении, иначе говоря — подкупа их Штирнером. Мюнстерберг не перенес удара и умер. Шумахер делал попытку покончить с собой, выжил и уехал в Америку.

Таковы были новости последней недели. О Штирнере знал уже весь мир. Имя его было у всех на устах. Здесь, в Ментоне, он с женой держался особняком. Каждый их выход возбуждал такое любопытство, смешанное со страхом, что Штирнер сам избегал показываться в обществе.

Пока Эльза была нежна с ним, он не чувствовал особого

одиночества. Но за последние дни она становилась все холоднее к нему, а он делался все более мрачным.

Потом он вдруг принялся за работу, заказал железные листы, проволочную сетку, изоляторы, целый ворох электротехнических материалов, приказал отнести все это в отдельную комнату и там заперся на целый день.

На другое утро Эльза была вновь нежна и переполнена любовью к нему. Но, казалось, и это уже не радовало его.

Чтобы рассеяться, он предложил ей прогуляться в горы — они уже давно не выходили из дому. На этот раз Эльза охотно согласилась.

Они зашли далеко и остановились отдохнуть в небольшом, белом, чистеньком домике. Гостеприимная, словоохотливая и любопытная старушка принесла им молока и, осведомившись, откуда они, заговорила:

— Вот вы откуда! Там, говорят, теперь появился какой-то человек — Штирнер. Чего только у нас про него не говорят! Они с женой теперь самые богатые люди во всем мире, но только темное это богатство! Сколько народу погибло из-за него, сколько разорилось, сколько крови и слез пролилось...

В дверь постучались, и тотчас, не ожидая ответа, в комнату вошел запыхавшийся слуга с виллы.

— Простите, господин Штирнер, вы приказали все срочные телеграммы доставлять немедленно... — И, утирая пот со лба, он подал телеграмму: — Вот, только что получена.

Старушка от волнения выронила из рук полотенце, задрожала, с ужасом уставившись на Штирнера.

Штирнер раскрыл и прочел телеграмму. Затем он вдруг поднялся и нахмурился.

— Вы можете идти, Жан! — сказал он слуге и, бросив золотой ошеломленной старухе, подал руку Эльзе: — Идем! Нам надо немедленно собираться в дорогу.

Старушка долго смотрела вслед, потом осторожно взяла двумя щепочками золотой и, шепча молитву, выбросила монету в выгребную яму.

— Проклятые деньги!

— Что случилось, Людвиг? — тревожно спросила Эльза. — Милый, неужели опять туда? Так скоро! — И она, как бы прощаясь, с грустью окинула взглядом небо, берег и море.

— Мое присутствие необходимо. Зауер телеграфирует, что мои враги воспользовались моим отсутствием и вновь начали борьбу.

Лицо Людвига вдруг стало жестким.

Высвободив свою руку из-под руки Эльзы так резко, что

она в испуге отшатнулась, он со злостью крикнул, потрясая кулаком:

— Куш на место, проклятые!

Фальк, услышав знакомое слово, покорно улегся на дороге, положив морду на протянутые лапы.

По приезде домой Штирнер нашел положение дел серьезнее, чем он ожидал. Десятки разорившихся банкиров объединились, создали новые банки, успешно конкурировавшие с банком Эльзы Глюк. Им удалось не только отвлечь часть банковской клиентуры, но и выкупить несколько крупных фабрик и заводов, находившихся в финансовой кабале у Штирнера. Вдобавок правительством уже был подготовлен закон "О банковских учреждениях", явно направленный против Штирнера. И Штирнер, забыв об Эльзе, вновь погрузился в борьбу, целыми днями не выходя из своей комнаты.

На этот раз, однако, Штирнеру удалось скоро справиться со своими противниками. Конкурировавшие банки были вновь прибраны к рукам, об издании законов, ограничивающих свободу операций Штирнера, не было и речи. Больше того, был издан ряд новых законов, легализовавших новые порядки, введенные Штирнером в банковской практике.

Для него вновь наступила полоса относительного спокойствия.

Он чаще виделся с Эльзой, возобновил свои научные занятия, посещал свой "зверинец" и строил какие-то сложные приборы.

Но, несмотря на все это, он чувствовал себя утомленным. Он жил слишком нервной жизнью, растрачивал много нервной энергии. Приглашенный врач нашел у него психастению. Это болезненное состояние обостряло у него чувство одиночества, в особенности теперь, когда жизнь протекала относительно спокойно. Даже ласки Эльзы не успокаивали, а иногда и раздражали его.

— Не то, не то! Ты ли ласкаешь меня или я сам ласкаю себя твоей рукой? — говорил он непонятные Эльзе фразы.

Но ее музыка действовала на него еще благотворно. Вечерами злой дух одиночества особенно мучил его, как Саула, и Штирнер бежал к своему "Давиду" — как называл он в такие минуты Эльзу — и просил ее:

— Играй, играй, Эльза! Я хочу музыки, она успокаивает меня...

И Эльза садилась за рояль и играла овеянные тихой тоской ноктюрны Шопена.

Перед ними вставали картины из безоблачного счастья в

первые недели поездки на юг. Из зимнего сада доносился запах цветов, окутывало очарование южной ночи. Но теперь к этому очарованию примешивалась печаль об утерянном счастье.

— Простите, что я помешал вам, — вдруг услышали они голос Зауера. — Поздравьте меня, сегодня утром у меня родился сын!

Штирнер и Эльза поднялись, почему-то взволнованные этой вестью.

— Я даже не мог сообщить вам об этом по телефону, — продолжал Зауер. Он выглядел очень усталым, но счастливым. — Не спал всю ночь... волновался. Сейчас она спит.

— Благополучно?

— Роды были трудные. Жена очень слаба. Осложнения с почками. Врачи говорят, что ей необходимо будет поехать на юг, и, вероятно, надолго. Но она не соглашается ехать без меня. Вы отпустите меня?

И Зауер просительно смотрел на Штирнера и Эльзу.

Штирнер задумался.

— Конечно, Людвиг? — сказала Эльза.

— Дня через два я дам ответ. Думаю, что это будет возможно. А пока позвольте поздравить вас с Зауером-младшим!

Зауер поклонился:

— Простите, но я спешу. — И, быстро попрощавшись, он вышел. А Эльза и Штирнер стояли, облокотившись о рояль, погруженные в свои думы.

## IV

## Массовый психоз

Прошла неделя, а Зауер с женой еще не уезжали. Последние дни Штирнер почти не выходил из своей комнаты и был очень мрачен. Даже музыкальные вечера в большом зале были отменены. Эльза иногда пыталась повидаться со Штирнером, но что-то удерживало ее. Одиноко бродила она по залу, останавливалась, заламывала руки и тихо шептала:

— Как я несчастна!..

В конце недели образ Штирнера начал как-то тускнеть в ее сознании. Иногда перед нею проносилось его лицо, и оно казалось ей чужим и страшным.

Все чаще окидывала она взором окружающую обстановку с недоумением, как будто в первый раз видела ее. А в конце недели ее начал преследовать образ Зауера. Милый Зауер, как она могла забыть его? О том, что Зауер женат, что у него родился ребенок, она совершенно не думала, как будто этого и не было. Случайно встретившись с Зауером, она окинула его таким нежным взглядом, что он посмотрел на нее с недоумением, потом вдруг смутился и задумался, как будто припоминая какую-то ускользавшую мысль.

— Отто, — сказала она, вновь называя его по имени, — я так давно не виделась с вами... Отчего вы избегаете меня, Отто?.. — И, потянувшись к нему, она тихо добавила: — Я так одинока... Мне не хватает вас, Отто...

Они были одни.

Отто присел на стул рядом с Эльзой и усиленно тер лоб ладонью. Нежные слова Эльзы разбудили спавшие воспоминания. Лицо Зауера выражало мучительную борьбу. И вдруг какая-то мысль прорвалась и осветила его лицо. Он схватил Эльзу за руку и, глядя на нее влюбленными глазами, заговорил прерывающимся от волнения голосом:

— Да, да, мы так давно не видались! Эльза, милая Эльза! Как я мог забыть о вас? Я не знаю, что происходит с нами, но сейчас как будто рассеялся туман и я увидел вас после долгой разлуки. Где вы были, Эльза? Что было с вами?

Они сидели, будто и в самом деле встретились после долгой печальной разлуки, и не могли насмотреться друг на друга.

Перебивая друг друга, они стали говорить о своей любви, о тоске одиночества, о радости этой встречи.

Часы с башенным боем били час за часом, гулко раздавались удары в пустых комнатах, а они, не замечая времени, продолжали сидеть и говорить...

Они не строили никаких планов, не вспоминали прошлого, не думали о будущем. Они просто упивались настоящей минутой, упивались этим лучом, так неожиданно разорвавшим мрак, окружавший их настоящие мысли и чувства. Еще раз пробили часы.

— Уже двенадцать, как поздно! — сказала Эльза. — До завтра, мой милый. — И она первая обняла и поцеловала Зауера долгим и крепким поцелуем.

Но это "завтра" не пришло.

Штирнер на время выпустил их из-под своего влияния только потому, что был с головой погружен в новые заботы. Он работал над каким-то сложным аппаратом, который должен был расширить его мощь, его власть над людьми. К созданию же этого аппарата его побуждали новые осложнения и новые огромные задачи.

Благодаря принятым им мерам продукция находившейся в его руках промышленности возросла необычайно, товары подешевели, внутренний рынок был уже перенасыщен ими. Штирнер стоял перед катастрофическим кризисом перепроизводства. Его могло спасти только завоевание иностранных рынков. Но на пути к этому стояли огромные препятствия. Иностранные государства, опасаясь конкуренции его дешевых товаров, установили высокие заградительные пошлины. Нужно было сломать во что бы то ни стало этот барьер. Экономическая война, которую он вел с иностранными конкурентами, находилась в том периоде, когда она неминуемо должна была перейти в вооруженное столкновение. Но объявить настоящую войну было делом сложным. Правда, с правительством он делал что хотел. Но все же правительство было средостением между его волей и действием. И он решил, что настал момент уничтожить правительство. Он сам станет единым, неограниченным правителем страны. Он подчинит своей воле миллионы людей, внушит им мысль о необходимости войны, и они с радостью пойдут умирать, как умирали солдаты Наполеона.

Но для этого должно быть орудие необычайной мощности, "дальнобойности", покоряющее мысли и волю людей, орудие массового внушения, радиоволны... И он усиленно работал над этим, позабыв на время об окружающих его людях.

В тот самый день, когда Эльза и Зауер с поцелуем расстались друг с другом, задача Штирнера была разрешена. И только ночью он вспомнил об Эльзе и Зауере. Он вспомнил. И в их душах все переменилось. Зауер вновь любил свою маленькую "куколку" Эмму и боготворил ребенка, а Эльза уже в предутреннем сне с нежностью повторяла имя Людвига.

Наутро она пришла к нему в кабинет и, поцеловав в лоб, сказала:

— Милый Людвиг, у меня к тебе две просьбы!

— Здравствуй, дорогая... Целых две! Приказывай, повелительница.

— Здесь Готлиб.

— Опять Готлиб?

— Это молодой Готлиб, Рудольф.

— Но молодой как две капли воды похож на старого. Ему нужны деньги, не так ли?

— Рудольф поссорился с отцом, когда узнал, что старик получил от нас двести тысяч и ничего не дал ему, и Рудольф Готлиб просит...

— Ни в коем случае!

— Но мы так богаты, Людвиг!

— Именно потому, что мы так богаты. Бросить подачку старику куда ни шло. Но дать этому мальчишке — значит дать ему повод думать, что мы не совсем ладно оттягали у него лакомый кусок и сами сознаем это. Тогда от него не отвяжешься. Он начнет шантажировать нас. Старику немного надо, и он удовлетворен. А Рудольф... Он еще опасен. Нет, нет, дорогая. Я не могу этого сделать в твоих же интересах.

— Но я почти обещала ему...

Штирнер подумал. Он был в хорошем настроении. Какая-то мысль заставила его улыбнуться.

— Я сам поговорю с ним. Садись, Эльза, одну минутку. — Штирнер скрылся в своей комнате и скоро оттуда вернулся. — Я сыграю над ним шутку, которая отвадит его от этого дома. Я просто мог бы заставить его забыть наш дом, но мне совсем не улыбается брать его в число "опекаемых", — сказал Штирнер непонятную Эльзе фразу.

Штирнер позвонил и приказал вошедшему лакею пригласить Рудольфа Готлиба.

Готлиб вошел. Он не был похож на просителя. Жадность, приведшая его сюда, боролась в нем с напыщенной гордостью.

— Садитесь, молодой человек, — сказал Штирнер. — Вам нужны деньги?

Рудольфа передернуло от этого обращения, но он сдержался. Только веснушчатое лицо его вспыхнуло.

— Да, мне нужны деньги, — сказал он, оставаясь стоять, — и, как мне кажется, моя... просьба не совсем безосновательна.

"Дурак! — подумал Штирнер. — Этим началом он сам обезоруживает себя!"

— Господин Готлиб, если вы ставите так вопрос, то обратитесь в надлежащие судебные учреждения и доказывайте там основательность ваших "законных" претензий.

— Кроме норм юридических, есть нормы моральные, — ответил Рудольф заранее приготовленной фразой. — Мне нечего доказывать мои моральные права.

— Моралью ведает благотворительность, а здесь не благотворительное учреждение.

— Довольно вывертов! — вдруг вспыхнул Рудольф. — Или вы удовлетворите меня, или я...

— Ах, вы угрожаете? Таких посетителей я имею обыкновение выводить с особым почетом.

Штирнер свистнул. Из смежного кабинета послышались мягкие, но тяжелые шаги. В кабинет, переминаясь с ноги на ногу, вошел на задних лапах бурый медведь. Он молча приблизился к Рудольфу и, упершись лапами в грудь, стал толкать его к выходной двери.

Рудольф побледнел и полуживой от страха дошел до двери, потом вдруг с истерическим криком бросился бежать от преследующего его медведя.

Эльза была испугана, Штирнер хохотал, откинувшись в кресле.

— Вот лучший способ отвадить нежелательных посетителей. Больше не явится, будь покойна!

И он опять засмеялся.

Позвонил телефон.

— Алло! Штирнер, да, я вас слушаю. А, опять вы, господин Готлиб? Вы этого так не оставите? Ого! А вы хорошо стреляете? Так, так. Только не советую охотиться на меня вблизи дома! Имейте в виду, что я отдал приказ моим четвероногим друзьям о том, что если вы еще раз попадетесь им на глаза, то они должны разорвать вас на части, как глупого козленка!.. Что, смерть вашего дядюшки? Убийца? Скажите, пожалуйста!.. Так, так... Желаю успеха! Дурак, — сказал Штирнер, кладя трубку телефона.

— Людвиг, можно ли так пугать людей?

— Дорогая моя, это наиболее безобидное орудие в арсенале человеческой борьбы. Но у тебя была еще вторая просьба?

— Теперь уж я не знаю...

— Не беспокойся. Твой второй протеже не попадет в объятия медведя. Кто он?

— Это Эмма. Я была у нее. И она умоляла меня отпустить с ней Зауера на юг. Ей необходимо лечиться, а без мужа она не поедет.

— Да, можно. Теперь можно. Я обойдусь без Зауера. — И, взяв в руки утренний выпуск газеты, Штирнер повторил: — Теперь можно! Кстати, ты не читала сегодняшней газеты? Вот прочти, любопытная заметка. Читай вслух.

Эльза взяла газету, на которой Штирнером было подчеркнуто красным карандашом заглавие:

### Массовый психоз

Вчера вечером в городе наблюдалось странное явление. В одиннадцать часов ночи, в продолжение пяти минут, у многих людей — число их пока не установлено, но, по имеющимся данным, оно превышает несколько тысяч человек — появилась навязчивая идея, вернее, навязчивый мотив известной песенки "Мой милый Августин". У отдельных лиц, страдающих нервным расстройством, подобные навязчивые идеи встречались и раньше. Необъяснимой особенностью настоящего случая является его массовый характер. Один из сотрудников нашей газеты сам оказался жертвой этого психоза. Вот как он описывает событие:

— Я сидел со своим приятелем, известным музыкальным критиком, в кафе. Критик, строгий ревнитель классической музыки, жаловался на падение музыкальных вкусов, на засорение музыкальных эстрад пошлыми джаз-бандами и фокстротами. С грустью говорил он о том, что все реже исполняют великих стариков: Бетховена, Моцарта, Баха. Я внимательно слушал его, кивая головой — я сам поклонник классической музыки, — и вдруг с некоторым ужасом заметил, что мысленно напеваю мотив пошленькой песенки "Мой милый Августин". "Что, если бы об этом узнал мой собеседник? — думал я. — С каким бы презрением он отвернулся от меня!.." Он продолжал говорить, но будто какая-то навязчивая мысль преследовала и его... От времени до времени он даже встряхивал головой, точно отгонял надоедливую муху. Недоумение было написано на его лице. Наконец критик замолчал и стал ложечкой отбивать по стакану такт, и я был поражен, что удары ложечки в точности соответствовали такту песенки, проносившейся в моей голове. У меня вдруг мелькнула неожиданная догадка, но я еще не решался высказать ее, продолжая с удивлением следить за стуком ложечки.

Дальнейшие события ошеломили всех!

— Зуппе, "Поэт и крестьянин", — анонсировал дирижер, поднимая палочку.

Но оркестр вдруг заиграл "Мой милый Августин". Заиграл в том же темпе и в том же тоне... Я, критик и все сидевшие в ресторане поднялись, как один человек, и минуту стояли, будто пораженные столбняком. Потом вдруг все сразу заговорили, возбужденно замахали руками, глядя друг на друга в полном недоумении. Было очевидно, что эта навязчивая мелодия преследовала одновременно всех. Незнакомые люди спрашивали друг друга, и оказалось, что так оно и было. Это вызвало чрезвычайное возбуждение. Ровно через пять минут явление прекратилось.

По наведенным нами справкам, та же навязчивая мелодия охватила почти всех живущих вокруг Биржевой площади и Банковской улицы. Многие напевали мелодию вслух, в ужасе глядя друг на друга. Бывшие в опере рассказывают, что Фауст и Маргарита вместо дуэта "О, ночь любви" запели вдруг под аккомпанемент оркестра "Мой милый Августин". Несколько человек на этой почве сошли с ума и отвезены в психиатрическую лечебницу.

О причинах возникновения этой странной эпидемии ходят самые различные слухи. Наиболее авторитетные представители научного мира высказывают предположение, что мы имеем дело с массовым психозом, хотя способы распространения этого психоза остаются пока необъяснимыми. Несмотря на невинную форму этого заболевания, общество чрезвычайно взволновано им по весьма понятной причине. Все необъяснимое, неизвестное пугает, поражает воображение людей. Притом высказываются опасения, что болезнь может проявиться и в более опасных формах. Как бороться с нею? Как предостеречь себя? Этого никто не знает, как и причин появления болезни. В спешном порядке создана комиссия из представителей ученого мира и даже прокуратуры, которая постарается раскрыть тайну веселой песенки, нагнавшей такой ужас на обывателей. Будем терпеливы и сохраним спокойствие. Быть может, все окажется не столь серьезным и страшным, как кажется многим.

Эльза окончила чтение и посмотрела на Штирнера.

— Что же все это значит, Людвиг? — спросила она.

— Это значит, что все великолепно! Идем завтракать, дорогая!

# V

## Комитет общественного спасения

Веселая немецкая песенка, всполошившая население огромного города, вопреки успокоительным уверениям газет, оказалась делом серьезным, внушающим большие опасения.

Не прошло и недели с тех пор, как тысячи людей вынужденно пели эту песенку, случилось событие, которое еще в большей степени взволновало не только общество, но и правительство.

Ровно в полдень в части города было приостановлено на одну минуту все движение. Можно было подумать, что происходит какая-то минутная забастовка протеста. Но забастовка небывалая по своей организованности и своеобразию.

Работа учреждений вдруг приостановилась, как по мановению волшебного жезла.

Чиновники перестали писать, будто мгновенный паралич сковал их руки. Приказчики в магазинах замерли с протянутым покупателю товаром и стояли без звука, с раскрытым ртом и застывшей улыбкой, как в столбняке.

В ресторанных оркестрах музыканты превратились в статуи с остановившимися смычками в руках. Замерли в своих позах и посетители — кто с поднятой чашкой в руке, кто с куском мяса на поднесенной к открытому рту вилке.

Но особенно поражал вид улиц и площадей, охваченных странным столбняком. Вот конвойные с арестованным посередине. Арестованный легко мог бы убежать от своих окаменевших стражников, если бы и сам не застыл с поднятой ногой. На базаре голодный мальчик, с расставленными на бегу ногами и сильно наклонившимся телом, протягивает руку к пирожку. Торговка бросается на него с видом курицы, защищающей цыплят от налетающего коршуна. В этой окаменевшей группе столько движения, выразительности, живости, что скульптор дорого бы дал, чтобы иметь возможность приводить в такое состояние своих натурщиков. Будто моментальный фотографический снимок закрепил мгновенную игру мимики лиц и движений мускулатуры.

Тою же каталепсией были охвачены и прохожие на тротуарах. Удивительнее всего было то, что это странное явление захватило городское движение полосой. Всякий прохожий, вступая в таинственную зону, мгновенно каменел, а по ту и другую стороны этой зоны обычное движение не прекращалось. Автомобили, въезжавшие с разгона в эту мертвую зону, проскакивали ее. Вернее, их выносила машина. Шофер же и пассажиры на целую минуту теряли способность не только двигаться, но и думать.

И автомобили не заворачивали на поворотах, врезались в дома, наезжали один на другой, нагромождаясь целыми поездами. Произошло крушение двух поездов городской железной дороги, причем один поезд, разбив упор, свалился на улицу.

Не успело общество прийти в себя от этого потрясения, как город постиг новый удар. Полосой через город прошла волна какого-то массового пятиминутного помешательства. Крайнее возбуждение охватило всех. И пунктом помешательства на этот раз было слово "война".

— Война, война до победы! Смерть врагам! — кричали мужчины, размахивая палками и зонтами, кричали женщины, старики и дети в необычайном задоре и нестройно пели национальные гимны. Лица всех были страшны. Казалось, эти люди уже опьянены кровью и видят перед собой смертельного врага.

— Смерть или победа! Война! Да здравствует война!

Жажда действия, борьбы, крови была так сильна, что на улицах произошел ряд побоищ. Мужчины и дети дрались между собой. Женщины окружили полную даму, показавшуюся им иностранкой, и били ее зонтиками так, что от зонтиков остались одни изогнутые прутья. Их лица были бледны, глаза горели ненавистью, шляпы падали на землю, волосы распускались. А они продолжали избивать несчастную женщину с каким-то садизмом, почти сладострастным упоением жестокостью. Везде им чудились иностранные шпионы. Толпа мужчин, остановив проезжавший автомобиль "Скорой помощи", вытащила воображаемого шпиона. Мужчины сорвали бинты с обожженного тела несчастного. Больной кричал, а обезумевшие люди рылись в повязках в поисках секретных бумаг.

Все они, и мужчины и женщины, старики и дети, были в таком состоянии, что действительно пошли бы умирать на поля сражений и умерли бы, думая не о себе, а только о том, чтобы убивать.

Припадок безумия прошел так же внезапно, как и начался.

Ошеломленные, потрясенные люди смотрели на избитых и раненых, на следы крови на земле, на свои истерзанные, растрепанные костюмы и волосы и не могли понять, что все это значит.

Комиссия, созданная для расследования причин массового помешательства людей на мотиве веселой песенки, скоро была преобразована в комитет общественного спасения.

Спасения от кого? Комитет не знал этого. Но что обществу угрожала огромная, небывалая в истории опасность от неизвестного, невидимого врага — будь то человек или неизвестный микроб, — в этом никто больше не сомневался. Новый неведомый враг казался правителям опаснее войн и революций именно потому, что он был неведом. Неизвестно было, откуда придет новая опасность и как бороться с нею. Возбуждение общества было необычайно. Каждый день десятки людей сходили с ума и кончали жизнь самоубийством, не будучи в состоянии переносить напряженное ожидание новых неведомых бед. С величайшим трудом правительство и печать поддерживали обычное течение жизни. Казалось, еще немного, и распадется не только государство, но и все основы общежития, и общество превратится в сплошной сумасшедший дом.

В столице это чувствовалось особенно сильно. Находились проходимцы, которые, однако, не поддавались в такой степени панике. Они сами поддерживали эту панику, распространяя чудовищные слухи.

— Скоро наступит новый приступ болезни, и люди начнут перегрызать друг другу горло...

— Люди перестанут дышать и умрут в страшных мучениях от удушья...

— Наступит внезапный сон, и никто больше не проснется...

И всему этому верили.

После того, что было, все казалось возможным.

Люди за бесценок распродавали свои дома и вещи тем, кто спекулировал на панике, и уезжали из города в места, еще не захваченные эпидемией.

Комитет общественного спасения заседал почти беспрерывно. Заседания эти, из опасения быть открытыми невидимым врагом — если он живое существо, — происходили в глубоком подвальном помещении городской ратуши и обставлялись большой тайной. Несмотря на то что члены комитета попеременно совещались день и ночь, тайна оставалась нераскрытой.

Среди приглашенных экспертов-ученых существовало разногласие.

Психиатры высказывали мысль о массовом психозе и

гипнозе. Вспышка кровожадных воинственных чувств еще поддавалась этому научному объяснению, но труднее было объяснить одновременное исполнение массами людей одной и той же песенки. Эта песня, несмотря на невинность "заболевания", казалась ученым более страшным явлением, чем внезапное возбуждение уличной толпы. Наука знает примеры заразительности эмоций, ярко выраженных внешним образом, знает примеры преступности толпы, массового гипноза. Но формы массового скрытого гипноза ей неведомы.

Ссылка на факиров, будто бы способных производить нечто подобное, казалась неубедительной. Все их чудеса, совершаемые будто бы с помощью массового гипноза, не проверены, не изучены и переплетены с выдумкой фантазеров-путешественников.

Микробная гипотеза, пытавшаяся объяснить таинственные явления действием нового микроба, также не привела ни к чему.

Сотни лиц, подвергшихся новой болезни, были тщательно исследованы, врачи произвели анализ их крови, но никакого микроба не нашли.

— Вопрос будет решен совершенно в иной области, — говорили инженеры-электрики. — Вероятнее всего, мы имеем дело с радиоволнами, которые непосредственно воспринимаются организмом человека.

— Люди-радиоприемники? — с иронией спрашивали их старые инженеры. — Это что-то из области фантастики!

— А само радио разве не из области фантастики? — отвечали первые.

Старики пожимали плечами.

— Докажите!

— И докажем!

И, подобно своим коллегам-медикам, инженеры усаживались за опыты.

В то время как ученые сидели в своих лабораториях над микроскопами и катодными лампами, желая раскрыть тайну, над раскрытием этой же тайны усиленно работал Иоганн Кранц.

Иоганн Кранц не принадлежал к почтенной корпорации ученых. Он был всего только полицейским сыщиком. Человек с большим профессиональным опытом и неплохой головой, Кранц не задавался даже вопросом, кто враг: микроб или человек. Кто бы он ни был, врага нужно найти по тому методу, который не раз приводил Кранца к цели. Следы преступления! Вот что интересовало сыщика. Их было более чем достаточно, надо только умело пользоваться ими. И Кранц усиленно принялся за работу, возбужденный ее важностью и таинственностью, а также и тщеславным желанием опередить многодумных очкастых ученых.

В большом кабинете за письменным столом, заваленным трофеями его "побед" — снимками преступников, дактилоскопическими оттисками, отмычками, вещественными доказательствами, он сидел ночи напролет над большим планом города, систематизируя все сообщения газет и полицейские донесения о последних событиях.

Он буквально плавал в табачном дыму, изредка проветривал комнату, вновь дымил и наносил на план какие-то пунктирные линии, как будто он уже преследовал по пятам опознанного им преступника.

— Готово! — воскликнул он, сведя две линии в тупой угол на карте города.

Был четвертый час утра. Кранц спешно сложил план города, всунул в потрепанный портфель, вызвал автомобиль и помчался в комитет.

— Срочное сообщение! Тайна раскрывается! — крикнул он, влетая в сводчатый зал.

Собрание, несмотря на поздний час, довольно многолюдное, всполошилось.

— Вы открыли тайну? — спросил взволнованно один из членов комитета.

— Тайна раскрывается, сказал я, и она будет раскрыта, — ответил Кранц. — Я нашел местопребывание преступного микроба или человека. Я нашел тот фокус, откуда исходят таинственные влияния, — продолжал Кранц, спешно вынимая план и раскладывая его на столе.

Все обступили его, и он начал объяснять:

— Метод мой очень прост: я систематизировал весь материал о необъяснимых происшествиях, чтобы точно определить районы, захваченные эпидемией помешательства. И вот что получилось. Случай с песенкой дал мне немного. Эта эпидемия захватила часть города по кругу радиусом около двух километров. Дальше двух километров навязчивый мотив наблюдался все слабее, и на третьем километре он никого не затронул. Центр этого круга находился приблизительно около Биржевой площади и Банковской улицы. Именно вблизи этого места отмечалась такая сила навязчивости мотива, что о нем не только думали, но и пели его вслух. К сожалению, определить математически точно этот центр не удалось, так как установить убывающую градацию силы навязчивости на основании опросов не удалось.

Лица, бывшие в одном и том же месте, дают довольно разные показания; очевидно, субъективные особенности заставляли каждого воспринимать по-разному.

— И только-то? — сказал кто-то разочарованно.

— Совсем не только-то. Следующая эпидемия дала гораздо больше. Эта эпидемия шла по известному направлению, захватив сравнительно узкий сектор, и заканчивалась в определенном месте. Получилось нечто вроде луча, который начинался от здания банка Эльзы Глюк.

Толпа зашумела.

— Штирнер! Это, конечно, он! Я говорил!

Имя Штирнера не раз уже упоминалось в комитете.

— Не спешите с выводами, господа, — прервал Кранц. — Я также был уверен, что нити привели меня к Штирнеру. Но для проверки я с нетерпением ожидал следующего сеанса. Военное помешательство и было этим сеансом. Оно также прорезало город, как луч, и подошло к дому Готлиба — теперь Эльзы Глюк. Получился тупой угол. Но если свести концы, то исходная точка окажется за домом Эльзы Глюк. Она падает на смежный дом. Вот, изволите ли видеть.

И он показал план, давая объяснения.

— Что же помещается в этом смежном доме, где вершина угла?

— Ресторан "Ампир". Вот куда должны быть направлены наши поиски. — И Кранц шлепнул по карте жирной ладонью, как будто прихлопнул муху.

Доводы Кранца были просты и убедительны. После небольшого совещания комитет решил произвести в ресторане "Ампир" и номерах помещавшейся в том же доме гостиницы повальный обыск.

Тотчас была по телефону поставлена на ноги вся полиция.

Большой отряд солдат сплошным кольцом окружил дом. Обыскали перепуганных жильцов, перевернули все вверх дном от чердака до подвала, но, несмотря на все старания, не нашли ничего подозрительного.

Кранц был смущен, но не сдавался:

— Всю эту фантасмагорию мог производить кто-либо из посетителей ресторана.

Это также было невозможно.

Всем жившим в доме строжайше запретили говорить кому-либо о ночном обыске. Нескольких лиц, возбудивших подозрение, арестовали, а за посетителями ресторана решили установить негласное наблюдение.

Однако весть разнеслась по городу.

Возбужденная толпа разгромила ресторан, и его пришлось закрыть.

Кранц кряхтел и ругался, раздосадованный неудачей.

— Ну, мы еще поборемся! — говорил Кранц. — Кто бы ни был наш противник, он теперь знает, что мы на верном следу. Посмотрим, осмелится ли он еще раз напомнить о себе! Третья линия решит его судьбу.

## VI

## Неудавшееся покушение

— Счастье! Радость! Блаженство! Как прекрасна жизнь! Какое наслаждение!

Молодой человек с отуманенным взглядом и широкой улыбкой на лице обнял уличный фонарь, как будто это был его близкий друг.

— Милый фонарь! Счастлив ли ты так же, как я...

— Дорогая моя, как я люблю вас! Как все вы мне милы и дороги! — обнимал изможденный, плохо одетый старик молодую женщину в дорогом костюме. И она целовала старика в жесткую щетину щек и шептала в ответ:

— Я так счастлива! Мне кажется, я нашла своего покойного отца... Он был похож на вас... Отец, дорогой отец!..

А рядом обнимались старые политические враги: монархист и анархист.

— Довольно борьбы! Жизнь так прекрасна!

Какой-то оборванец сорвал цветок на соседнем бульваре и, как сокровище, преподнес полицейскому:

— Друг мой, возьми! От меня!..

Толстый полицейский с сизым носом нежно поцеловал бродягу и взял у него цветок.

— Душевно благодарен! Цветы — радость жизни!.. Я так люблю цветы и песни!..

— Споем?

— Споем.

Они уселись на травке и, обнявшись, запели сентиментальную песенку, проливая слезы умиления.

— Берите, все берите!.. — кричал в исступленном восторге хозяин ювелирного магазина, набивая карманы посетителей кольцами и драгоценными камнями, жемчужными ожерельями и золотыми часами. — С собой в могилу все равно не возьмешь! Пусть радость наполнит ваши сердца, как она наполняет мое! К черту торгашество! Да здравствует всеобщее счастье!

В суде был оправдан важный политический преступник. И прокурор, известный своей жестокостью, отказавшись на этот раз от обвинения, обнял преступника, томно положил ему на грудь свою голову и, плача от умиления, бормотал:

— Друг мой, брат мой!.. Хорошо прощать и любить!..

Дачку, на бойне профессиональные скотобойцы обнимали приведенных на убой быков и нежно целовали их между глаз.

— Мордашка моя!.. — гладили они руками животных. — Испугался? Испей водички, отправляйся щипать травку в соседнем парке. Довольно крови! Дыши!..

Это произошло всего через несколько дней после разгрома кафе. Злой гений, овладевший городом, казалось, бросал вызов и смеялся над попытками комитета бороться с ним. Как бы в вознаграждение за минувшее мрачное помешательство и за жертвы внезапной остановки городского движения неведомый враг подарил людям небывалое блаженство. Состояние блаженства было так велико, что люди, испытавшие его, готовы были на все, чтобы еще раз вкусить неведомого наслаждения. На этот раз все сохранили полное воспоминание о пережитом. И тосковали о потерянном рае.

Это было едва ли не более страшно, чем вспышка кровожадности и жестокости. Какою властью над человеческими душами обладал этот неведомый враг? Он мог отравить людей ядом наслаждения или страдания, сделать их слепым орудием своих желаний, сделать блаженными или измучить, искалечить, убить, убить без единого выстрела, тихо, бесшумно, неизвестно откуда... Есть от чего прийти в отчаяние!

В глубоком подземном помещении ночью члены комитета сидели подавленные, молчаливые, тоскливо поглядывая на Кранца, который подводил итоги, систематизируя донесения о последнем происшествии, чтобы определить сектор города, охваченный безумием блаженства.

Изредка слышались нетерпеливые голоса:

— Как идет дело, Кранц?

— Прекрасно!

Кто-то сердито фыркнул:

— Хуже некуда!

— Напротив, — отвечал Кранц, — все идет великолепно. Никогда еще у меня не было столь увлекательной задачи. И почтенной, да, да, да!

Кранц быстро шевелил своими красным и толстыми пальцами, перебирая листки, и отмечал от времени до времени новый пунктир на плане города.

— Кранц, как древний рыцарь, — продолжал он, — освобождает город от дракона, и ему ставят памятник. Кранцу, конечно, а не дракону, хе-хе! Или, вернее, нам вместе: Кранц с копьем в руке, а у его ног — пронзенный дракон.

— Как вы можете шутить? — спросил прокурор, недавно

плакавший на груди преступника. — Кругом сплошной ужас. Если я буду отказываться от обвинения, государство погибнет...

— Я всегда шучу, даже перед дулом бандита. Что делать? Профессиональная привычка. Встречая опасность, можно только или смеяться, или убегать. А дела идут отлично, говорю я. Поветрие безумия опять носило характер направленной волны, и пусть меня изрешетят бандиты, если вершина этого луча не идет опять к тому же месту. Еще пяток рапортов просмотрю — и готово...

Члены комитета в волнении обступили Кранца.

Наступило напряженное молчание.

Кранц нанес последние штрихи на карту.

— Есть!

— Опять к дому Эльзы Глюк! — вскрикнул чиновник министерства внутренних дел.

— Да-с, опять. Извольте посмотреть на план. — Кранц отодвинул план от себя на середину стола и стал объяснять: — Вот, изволите ли видеть, пучок номер первый — полоса безумия, когда остановилось все движение, а вот пучок номер второй — безумие войны. Здесь углы не сходились на доме Эльзы Глюк. Вершина падала на соседний дом, где помещался ресторан. Туда мы и направили поиски.

— И ошиблись.

— Вполне понятно: мы полагали, что источник воздействия один. Но третий пучок, поистине "счастливый" пучок — сектор безумного счастья, открыл нам ошибку. Оказывается, воздействие было из двух точек. Но обе эти точки находятся в доме Эльзы Глюк. Дом этот, как видите, очень длинен. Точки воздействия, очевидно, находились на двух противоположных концах дома. Вот почему и казалось, что вершина тупого угла, если источник воздействия один, должна пасть на соседний дом. Третий сектор дал нам другую вершину, где сошлись линии номер первый и третий. Ясно?

Все зашевелились.

— Я же говорил, что это дело Штирнера!

— Я еще раньше утверждал это.

— Злодей! Изверг! Теперь он в наших руках!..

— Кранц, мы успеем арестовать этого преступника еще сегодняшнею ночью!

— Арестовать недолго, — отвечал Кранц, — но не лучше ли отложить до утра?

— Почему же до утра? — нетерпеливо спросил прокурор, который не мог простить Штирнеру свой отказ от обвинения и постыдную сцену братания с преступником.

— Очень просто, — отвечал Кранц. — Мы имеем дело не с обычным преступником, поэтому должны принять все меры предосторожности и обдумать каждый шаг, чтобы бить наверняка. Банк крепко запирается на ночь и хорошо охраняется. Если мы пойдем ночью, то, несмотря на все предосторожности, мы поднимем суматоху, которая предупредит врага. Лучше пойти утром, в час открытия банка, когда там еще немного клиентов. Прийти в штатском, вооружившись только револьверами. Войти по одному, не возбуждая подозрения банковских сторожей и служащих, а потом сразу броситься наверх, застать врага врасплох и захватить.

Несмотря на все нетерпение, прокурор принужден был признать эти соображения опытного сыщика правильными и отложить арест Штирнера до утра.

— Но я думаю, — продолжал Кранц, — что нам, может быть, придется отложить и еще на один день...

— Этого недоставало! — воскликнул сухой старик в очках, министр внутренних дел, лично прибывший в комитет.

Кранц поднял брови:

— Что делать, ваше высокопревосходительство, я уже изволил докладывать, что надо обдумать каждый шаг, буквально каждый шаг. Мы должны хорошо знать все расположение дома Эльзы Глюк, все входы и выходы, точно знать комнату, где помещается Штирнер, и прочее. Надо собрать эти сведения, а на это потребуется время.

Все вновь приуныли.

Вдруг начальник полиции ударил ладонью себя по лбу:

— Позвольте! Я, кажется, нашел выход. Поистине сама судьба благоприятствует нам! Только на днях я зачислил в мою канцелярию одного молодого человека — Рудольфа Готлиба; известна вам эта фамилия?

— Еще бы! Неудавшийся наследник. Племянник покойного банкира!

— Вот вам проводник, Кранц, — улыбаясь, сказал начальник полиции. — Лучшего не найти. Он на правах будущего наследника изучил весь дом сверху донизу. К Штирнеру питает самое искреннее чувство ненависти. Словом, человек вполне подходящий.

— Отлично, но где его достать?

— Нет ничего легче! — Начальник полиции позвонил по телефону и отдал распоряжение.

Не прошло часа, как заспанный Рудольф Готлиб сошел в подвал, где заседал комитет.

Сонливость Рудольфа прошла сразу, когда он узнал, зачем его вызвали. У него загорелись глаза. Сжимая кулаки, Готлиб воскликнул:

— Теперь я посчитаюсь с вами, господин Штирнер!

Начальник полиции сиял.

— Господин начальник, — обратился к нему Рудольф, — я убедительно прошу вас не отказать в одной покорнейшей просьбе!

— В чем дело, мой друг?

— Разрешите мне собственноручно убить эту гадину!

— Ну как же так, без следствия и суда? — замялся министр юстиции. — Ведь у нас пока нет прямых улик.

— А знаете, господа, — вдруг вмешался в разговор прокурор, — молодой человек прав. Дело слишком серьезное, чтобы играть в правосудие. Что все это проделал Штирнер, едва ли кто из нас сомневается. Кранц прав, говоря, что мы имеем дело не с обычным преступником. Значит, к нему должны быть применены необычные меры. Этого требует охрана государства и граждан. Если мы будем возиться со Штирнером, я не уверен, что во время суда над ним он не заставит меня вместо обвинительной речи поцеловаться с ним и предложить ему папироску. Когда на карте стоит судьба страны — а это так и есть, — с нашей стороны было бы прямо преступно рисковать и, быть может, выпустить врага из рук во имя соблюдения формальностей. И потом... гм... мы в своем кругу... Разве Штирнер не может быть убит при попытке к бегству? Как ни осуждают такой способ, по существу, в нем нет даже обмана, потому что какой же преступник не желает избежать наказания и не воспользуется всяким случаем к бегству? Таким образом, мы одним ударом отделаемся от врага.

— Совершенно верно! — отозвался начальник полиции. — Кто попирает законы общества и государства, тот вне закона!

— Вы метко стреляете, Готлиб? — спросил Кранц.

— Пуля в пулю, весь заряд.

— Ну что ж, в добрый час! — сказал начальник полиции.

До наступления утра обсуждался план нападения. Было решено идти только четверым: Рудольфу Готлибу, Кранцу и двум надежным агентам полиции. Эти двое брались как резерв.

— Чем меньше, тем лучше, — говорил Кранц.

В девять часов утра отряд был в сборе, вооружен "парабеллумами", снабжен точными инструкциями.

— В добрый час! — еще раз сказал начальник полиции.

Отряд благополучно проник в банк, поднялся во второй этаж и, руководимый Рудольфом, направился к кабинету.

Встречавшимся лакеям тихо, но повелительно приказывали стоять на месте.

Кабинет был пуст. Один из агентов стал у входной двери, другой — у двери, смежной с комнатой Штирнера, а Рудольф в сопровождении Кранца приоткрыл дверь таинственной комнаты Штирнера и бегло осмотрел ее. Комната была почти лишена мебели. Кровать с тумбочкой, небольшой шкаф и туалетный столик составляли всю обстановку. Половина комнаты была отгорожена дубовой, довольно массивной перегородкой. Штирнер сидел у зеркала за туалетным столиком и брился. На весь этот осмотр потребовалось не больше нескольких минут. Штирнер еще не успел повернуть головы на шум открываемой двери, как две собаки Штирнера бросились на Рудольфа, прежде чем он успел вынуть револьвер. В то же время Штирнер, сидевший задом к двери, увидал Рудольфа в отражении зеркала и, вскочив со стула, в два прыжка был у перегородки, открыл дверь и скрылся за нею. Рудольф и Кранц, отбиваясь от собак — им дана была инструкция стрелять только по Штирнеру, чтобы не поднимать раньше времени шума, — бросились к перегородке и стали стучать.

— Откройте, Штирнер! — кричал Готлиб. — Откройте, чего вы испугались?

Дверь открылась назад так неожиданно, что Рудольф, напиравший на нее, споткнулся.

— Осторожнее, не упадите! — спокойно сказал Штирнер. — Куш, Фальк! Куш, Бич!

Собаки покорно улеглись, положив морды на протянутые лапы, но продолжая внимательно следить глазами за посетителями.

— Я к вашим услугам, господин Рудольф Готлиб! — сказал Штирнер, усаживаясь опять за туалетный столик.

Рудольф Готлиб положил на этот же столик револьвер, взял кисточку и стал намыливать шею и щеки Штирнера.

Потом Рудольф взял бритву и начал ею брить.

Штирнер откинул голову назад, и Рудольф внимательно и осторожно брил горло.

— Немного беспокоит, Готлиб... Поточите бритву!

Рудольф направил бритву на ремне и продолжал брить.

Кранц стоял возле, как на часах.

— Благодарю вас, Готлиб. Вы прекрасно бреете. У вас талант, и я советую вам не зарывать его в землю. Открывайте парикмахерскую. Вы? — вопросительно обратился Штирнер к Кранцу.

— Кранц! Иоганн Кранц! К вашим услугам! — вдруг ожил Кранц. И, бросив револьвер, схватил платяную щетку и начал чистить платье Штирнера.

— Благодарю вас, вот вам за труды! — И Штирнер дал им по мелкой монете.

Они униженно раскланялись и пошли к двери.

Выйдя из дома, все они разошлись в разные стороны.

Агенты пропали без вести.

Кранц явился в тюрьму и потребовал, чтобы его засадили в одиночную камеру. Начальник тюрьмы принял это за шутку, но Кранц весь покраснел от гнева и затопал ногами:

— Я имею распоряжение от самого министра арестовывать всех, кого найду нужным, и прошу не рассуждать! Вы не смеете не доверять словам служебного лица!

Начальник тюрьмы пожал плечами и отдал распоряжение. Кранца увели и заперли. Начальник тюрьмы справился по телефону, но получил ответ, что никто не давал приказания арестовывать Кранца, что, наоборот, его очень ждут в комитете. Кранц, однако, категорически отказался выходить из тюрьмы.

— Если вы попытаетесь вывести меня силой, я буду стрелять! — угрожающе кричал он. — Меня сам Кранц засадил, сам Кранц только и может выпустить!

Начальник тюрьмы махнул рукой.

— С ума спятил или напился!

Так как Кранц никогда не расставался с оружием, то было опасно применять к нему силу.

— Черт с ним, пусть сидит!

И Кранц сидел, наблюдая из дверного волчка за часовым в коридоре.

— Ты что плохо смотришь? — кричал он часовому. — Разве можно надолго останавливаться в одном конце? Службы не знаешь? Иди сюда, проверь замок, чтобы я не убежал.

Кранц, очевидно, составлял исключение из правила, о котором говорил прокурор: Кранц не обнаруживал никаких попыток к бегству.

Из всех участников неудавшегося нападения в комитет вернулся только один Рудольф Готлиб! Но от него трудно было добиться толку. Он был растерян и мрачен.

На все вопросы, нетерпеливо задававшиеся ему членами комитета, он отвечал какой-то несуразицей:

— Выбрил!

— Кто выбрил? О чем вы говорите?

— Я выбрил Штирнера.

Члены комитета переглянулись в недоумении.

— Может быть, это иносказательно, преступный жаргон, обозначающий убийство? — тихо спросил министр начальника полиции.

— Что-то не слыхал такого выражения, — ответил начальник.

— Да вы скажите толком, жив Штирнер или убит?

Рудольф обвел всех мутным взором, потом, горько улыбнувшись, ответил:

— Живей нас! Начисто выбрил! Надо будет открыть парикмахерскую!

# VII

## "Трильви"

— Людвиг, наконец-то! — встретила Эльза Штирнера обычными словами и протянула руки. — Ты совсем забыл меня!

Они стояли в зимнем саду, разглядывая друг друга, как после долгой разлуки. В самом деле, они не виделись уже почти месяц, и за это время оба несколько изменились. У Штирнера лицо стало как-то суше, глаза запали, взгляд сделался беспокойным, и резкие переходы настроения стали появляться чаще. Эльза похудела так, что выступали ключицы и удлинился овал лица. Но ее взгляд стал неподвижным, больше затуманился, движения сделались вялыми и автоматичными. Внутренне она изменилась еще больше. Под влиянием ненормальной душевной жизни, в которой она жила, казалось, начинался распад ее личности. Она думала отрывками, неожиданно, без связи переходя от мысли к мысли. Так же неожиданно ломалось ее настроение. Из живого человека она все больше превращалась в автомат. Это отражалось и на характере ее свиданий со Штирнером. Их разговор то обрывался на полуслове, то вспыхивал необычным оживлением...

Штирнер усадил Эльзу рядом с собой и прижал щеку к ее щеке. Она провела рукой по другой его щеке.

— Гладенький? Это Рудольф Готлиб выбрил меня!

— Готлиб? — удивленно спросила Эльза.

— Да, Готлиб, он хочет открыть парикмахерскую и тренируется, брея своих друзей.

Штирнер трескуче рассмеялся.

— Я не понимаю, Людвиг, ты шутишь?

— И не нужно понимать. Забудь о Готлибе.

Наступила пауза.

— Ты так изменился, Людвиг. Ты утомлен...

— Пустяки!

— Зачем ты так много работаешь? Может быть, у тебя есть неприятности?

Штирнер поднялся и стал нервно ходить.

— Неприятности? Наоборот. Все идет прекрасно. Но я устал... да... Я смертельно устал, — тихо проговорил он, полузакрыв глаза. — Забыться... Ты холодна ко мне, Эльза!

Открыв опять глаза, он скрестил руки и внимательно стал смотреть в глаза Эльзы.

Под этим взглядом она вдруг побледнела и стала тяжело дышать полуоткрытым ртом. Как в опьянении, она с протяжным стоном бросилась к Штирнеру, обвила руками его голову и, задыхаясь, стала покрывать поцелуями глаза, лоб, щеки. Наконец до боли, до крови впилась в его губы.

Штирнер неожиданно оттолкнул ее:

— Довольно! Иди на место! Успокойся!

Эльза покорно уселась на диван. Порыв ее прошел так же внезапно, как и начался, оставив лишь утомление.

— Не то, не то... Проклятие! — бормотал Штирнер, быстро шагая между пальмами.

— Чем занималась ты, Эльза, последнее время? — спросил он, успокоившись.

— Я думала о тебе... — вяло произнесла она.

Штирнер кивнул головой с видом доктора, предположения которого оправдываются.

— А еще что ты делала?

— Я читала. В библиотеке я нашла старинный роман "Трильби" и перечитала его. Ты читал?.. Свенгали гипнотизирует Трильби, и она делается игрушкой в его руках. Мне было жаль Трильби. Я подумала, какой ужас потерять свою волю, делать, что прикажут, любить, кого прикажут!

Штирнер хмурился.

— И я подумала: как хорошо, что мы любим друг друга свободно и что мы счастливы!

— Ты счастлива?

— Да, я счастлива, — по-прежнему вяло говорила Эльза. — Свенгали, какой это страшный и сильный человек!..

Штирнер вдруг резко расхохотался.

— Почему ты смеешься?

— Ничего, так. Вспомнил одну смешную вещь... Свенгали — щенок. — И, направив на нее опять сосредоточенный взгляд, он сказал: — Забудь о Свенгали! Так что ты читала?

— Я ничего не читала.

— Мне казалось, ты говорила про какой-то роман?

— Я не читала никакого романа.

— Музицировала?

— Я давно не играла.

— Идем, сыграй мне что-нибудь. Я давно не слышал музыки...

Они вышли в зал. Эльза уселась за рояль, начала играть "Весну" Грига. Играя, она тихо говорила:

— Эта вещь напоминает мне Ментону. Тихие вечера... Восходящая из-за моря луна... Запах туберoз... Как мы были счастливы тогда, в первые дни!

— Разве теперь ты не счастлива?

— Да, но... я так мало вижу тебя. Ты стал нервным, переутомленным. И я думала, зачем это богатство? Много ли нужно, чтобы быть счастливым? Уйти туда, к лазурным берегам, жить среди цветов, упиваться солнцем и любовью.

Штирнер вдруг опять трескуче, резко рассмеялся:

— Завести огород, иметь стадо коз. Я пастушок, ты прекрасная пастушка; Поль и Виргиния... Любимая белая козочка с серебряным колокольчиком на голубой ленте. Венки из полевых цветов у ручья. Идиллия!.. Ты еще слишком много думаешь, Эльза. Идиллия!.. Людвиг Штирнер в роли доброго пастыря козлиного стада! Хе-хе-хе!.. Ты, может быть, и права, Эльза. С четвероногим стадом меньше забот, чем с двуногим. Забудь о Ментоне, Эльза! Надо забыть обо всем и идти вперед, все выше, выше, туда, где орлы, и еще выше... достигнуть туч, похитить с неба священный огонь или... упасть в пропасть и разбиться. Оставь! Не играй эту сладкую идиллию. Играй что-нибудь бурное. Играй пламенные полонезы Шопена, играй Листа, играй так, чтобы трещали клавиши и рвались струны.

Покорная его словам, Эльза заиграла с мощью, превосходящей ее силы, "Полишинель" Рахманинова. Казалось, мятущаяся душа Штирнера переселилась в нее.

Штирнер ходил по залу большими шагами, нервно ломая пальцы.

— Так!.. Вот так!.. Крушить! Ломать!.. Так я хочу!.. Я один в мире, и мир — моя собственность!.. Теперь хорошо... Довольно, Эльза... Отдохни!..

Эльза в изнеможении опустила руки, тяжело дыша. Она почти теряла сознание от сверхъестественного напряжения.

Штирнер взял ее под руку, провел в зимний сад и усадил:

— Отдохни здесь. У тебя даже лоб влажный...

Он вытер ей носовым платком лоб и поправил спустившиеся пряди волос.

— Что пишет Эмма? Ты давно получала от нее письма?

Эльза несколько оживилась:

— Да, забыла тебе сказать. Вчера я получила от нее большое письмо.

— Как ее здоровье?

— Лучше. Но врачи говорят, что ей нужно еще пробыть на юге месяца два. Ребенок тоже здоров.

— Чтобы сообщить это, ей потребовалось большое письмо?

— Она много пишет о муже. Она жалуется, что у Зауера стал портиться характер. Он сделался мрачен, раздражителен. Он уже не так внимателен к ней. Эмма боится, что его любовь к ней начинает охладевать...

Штирнер с тревожным любопытством выслушал это сообщение Эльзы. Казалось, любовь Зауера к Эмме интересует его больше, чем любовь Эльзы к нему самому. Штирнер задумался, нахмурился и тихо прошептал:

— Не может быть!.. Неужели я ошибся в расчетах? Огромное расстояние... Но ведь это ошибка... Нет! Не может быть!.. Надо проверить...

Он вдруг быстро встал и, не обращая на Эльзу никакого внимания, не простившись с нею, быстро вышел из зимнего сада.

— Людвиг, куда же ты? Людвиг! Людвиг!..

В большом зале замирали удаляющиеся шаги.

Эльза опустила голову и задумчиво смотрела на рыбок, плавающих в аквариуме. Беззвучно двигались они в зеленом стеклянном кубе, помахивая мягкими хвостиками и открывая рты. Маленькие пузырьки, блестящие, как капли ртути, всплывали на поверхность.

— Опять одна!..

# VIII

## Паническая зона

Прокурор посетил лично Кранца в его "самовольном" заключении, желая узнать подробности неудавшегося налета на Штирнера.

— Послушайте, Кранц, — начал прокурор вкрадчиво, — вы всегда были образцовым служащим. Скажите мне, что произошло у Штирнера и почему вы подвергли себя одиночному заключению.

Кранц стоял навытяжку, руки по швам, но не поддавался на увещания.

— Преступник, оттого и сижу. А в чем мое преступление, сказать не могу. Отказаться от дачи показаний — мое право. Можете судить!

— Но как же вас судить, если мы не знаем вашего преступления?

— А мне какое дело? Буду сидеть в предварительном заключении, пока не узнаете. Если Кранц сказал "нет", значит, нет. Дело кончено, не будем говорить. Но я, заключенный, имею жалобу на тюремный режим.

— В чем дело, Кранц? — заинтересовался прокурор.

— Безобразие! Подали к обеду борщ. Зачерпнул я ложкой и выловил кусок мяса граммов на двести. А поверх борща — жирок. Если этакими борщами в тюрьмах начнут кормить, то и честные люди станут разбойниками. Непорядок! Я вам заявляю категорически, господин прокурор: если только пищу не ухудшат, я объявляю голодовку, так и знайте! Или такое, например, здесь водится: конвойные провожают преступников из одиночных камер в уборную, расположенную в конце коридора, вместо того чтобы ставить парашу. Разве это порядок? Им, может быть, параши выносить лень, а я из-за этого сбежать захочу, а меня при попытке к бегству... того... Прошу принять меры к неуклонному выполнению тюремных правил внутреннего распорядка!

Прокурор даже рот приоткрыл от удивления.

Правда, куску мяса в двести граммов и жирку в борще он не удивился: прокурор хорошо знал, что другие заключенные не вылавливают кусков мяса из жидкой, вонючей похлебки. Но требование об ухудшении пищи! Таких требований еще никогда не приходилось выслушивать прокурору.

"Бедняга, — подумал прокурор, — у него совсем мозги набекрень после визита к Штирнеру!" И, желая быть как можно мягче, прокурор заговорил:

— Я вас очень прошу, Кранц, скажите мне обо всем, как старшему товарищу. Ведь мы так много работали вместе... Ну дайте хоть какое-нибудь показание!

— Дать вам показание? Вот вы чего захотели! Если преступники будут давать показания, то что останется делать нам, сыщикам? По миру идти? Вы хотите оставить нас безработными? Нет-с, я не сделаю подлости против своих товарищей! Пусть они раскроют мое преступление и получат награду!

Прокурор был ошеломлен этой неожиданной логикой и огорчен неудачей.

Кранц заметил это. Казалось, ему стало жалко прокурора. Кранц порылся в карманах, извлек оттуда мелкую серебряную монету и протянул ее прокурору, как нищему:

— Вот все, что могу вам дать!

Прокурор машинально протянул руку, взял монету и с недоумением смотрел на нее.

— Приобщите к вещественным доказательствам. Деньги, полученные преступным путем...

Это была монета, полученная Кранцем от Штирнера "на чай".

Прокурор молча удалился, вертя меж пальцами вещественное доказательство.

"Какого ценного работника мы потеряли! — думал он. — И все Штирнер! Неужели нам не удастся покончить с ним?"

Когда члены комитета, с нетерпением ожидавшие прокурора, спросили его, чем кончился его визит к Кранцу, прокурор только рукой махнул и безнадежно опустился в кресло.

— Что же делать? Неужели Штирнер непобедим? — спросил министр внутренних дел.

Поднялся начальник военного округа, которого называли "железный генерал", — сухой, бодрый старик с щетинистыми фельдфебельскими усами.

— Что делать? — начал он неожиданно громким и молодым для его лет голосом. — Я вам скажу, что делать. Объявить Штирнеру настоящую войну. Простите мне, старику, господин министр, но у вас, штатских, должно быть, нервы слишком слабы. Послали пару полицейских, они проворонили дело, и вы уже говорите о непобедимости какого-то проходимца, едва ли даже нюхавшего порох. Вот что надо делать — И "железный генерал" начал кричать, как будто он уже командовал на поле сражения миллионной армией: — Объявить в городе осадное положение. Оцепить дом Эльзы Глюк сплошным кольцом линейных войск и идти на приступ. Да, на приступ! На всякий случай подвезти артиллерию. И если — чего я не допускаю — пехотная атака почему-либо не удастся, смести с лица земли дом. Картечи и гранаты еще никому заговаривать не удавалось. Вот что надо делать, а не паникерствовать!

Энергичная речь "железного генерала" внесла струю бодрости и оживления.

Против проекта генерала раздавались отдельные голоса, но и они возражали не по существу самого проекта.

— Могут пострадать соседние дома...

— Чем виноваты живущие со Штирнером, хотя бы его жена?..

— Я сказал, что до бомбардировки, по всей вероятности, не дойдет, — отвечал генерал. — Но если бы и так: война без жертв не бывает. Лучше пусть погибнет несколько сот человек, чем все государство.

— Нельзя ли хоть предупредить граждан и эвакуировать их?

— Нельзя! Предупредить их — значит предупредить врага. Лучше этого дела не откладывать. Сегодня ночью, если на то будет ваше согласие, я сам поведу моих обстрелянных солдат, и посмотрим, что запоет этот непобедимый!

— Но только без артиллерийского огня! — сказал военный министр.

— Почему?

— Потому что он уничтожит не только Штирнера, но и его орудие, а оно... может пригодиться и нам.

С этим все согласились.

В окрестностях города на совещании штаба "железный генерал" изложил свой план:

— Перед нами нелегкая задача. Мы ограничены директивами правительства — не прибегать к артиллерийскому огню. Я имею приказ — захватить Штирнера живым; если это будет невозможно, убить его, но сохранить в неприкосновенности дом со всеми находящимися в нем предметами. Мы имеем дело с необычайным врагом. Мы должны вести борьбу в центре города. И тем не менее тактика уличных боев едва ли здесь применима. Какой же это уличный бой, когда мы не можем нащупать врага, его слабые стороны? Если же нам удастся благополучно проникнуть в дом и только там столкнуться со Штирнером, то это... гм... это уже будет "домашний бой". Первое, о чем мы должны позаботиться, это исключить всякую возможность бегства Штирнера. Далее. Нам известно, что Штирнер излучает лучи, или направляя их по известному сектору, или охватывая ими определенную окружность. Притом, по-видимому, его лучи — будем так называть его орудие § не на всех действуют одинаково. Все это заставляет нас распределить наши силы по всему району боя и иметь резервы. Пусть пехота движется по улицам к месту боя сплошной массой. Если первые ряды будут поражены и, скажем, в панике бросятся назад, задние должны напирать, силою подвигая головные отряды вперед. Так, может быть, нам удастся попасть к самому дому Штирнера. Кто знает, может быть, таким путем они окажутся в мертвой зоне, вне обстрела, как это имеет место при артиллерийских боях. Я буду сопровождать головной отряд.

— Ваше превосходительство, — сказал адъютант Корф, — это было бы крайне неосмотрительно с вашей стороны.

— Господин полковник, — довольно резко ответил генерал, — разрешите мне самому определить свое место на поле сражения. Подчеркиваю, для данного случая.

Полковник, привыкший к грубостям генерала, смолчал и только густо покраснел.

— Я сам знаю, что это рискованно, — продолжал генерал. — Но всякая война — риск, а не игра в домино. Чтобы руководить боем, я должен знать орудие врага. Я должен испытать на себе действие враждебного "огня", чтобы убедиться, так ли он смертоносен для закаленного бойца, как и для слабонервного обывателя.

Наступило молчание. Штабные офицеры стояли хмурые. Адъютант прервал это тяжелое молчание. Он знал, что спорить с упрямым генералом невозможно. Адъютанту не нравился весь этот план наступления, "с генералом на белом коне впереди", напоминающий старинные батальные олеографии. Но делать было нечего. Оставалось только подумать о последствиях.

В двенадцать часов ночи из разных частей города к Банковской улице и Биржевой площади потянулись отряды солдат в полном боевом снаряжении. С головным отрядом ехал сам "железный генерал" на прекрасной арабской лошади золотистой масти.

— Целая армия на одного, да еще на штатского!.. Это позор, но, черт возьми, лучше такой позор, чем гибель страны!

Генерал проехал улицу, примыкающую к Биржевой

площади. Дом Эльзы Глюк одной стороной выходил на эту площадь, а другой — на Банковскую улицу.

— Посмотрим, что он у нас запоет! — сказал генерал, зорко всматриваясь в видневшийся дом Эльзы Глюк, и пришпорил коня.

Арабский скакун, красиво перебирая тонкими ногами, пошел на площадь, но лошадь вдруг без видимой причины захрапела, прижала уши и сразу подалась корпусом назад, задрожав всем телом. Генерал был озадачен. Что могло испугать Абрека, который не дрожал даже от рева пушек? Генерал похлопал лошадь по шее.

— Что ты, Абрек, дурачишься? — сказал он и дал шпоры.

На этот раз Абрек, вступив на площадь, поднялся на дыбы и, повернувшись на задних ногах, бросился назад. В тот момент, когда лошадь поворачивалась и задние ноги ее на мгновение переступали черту, отделявшую улицу от площади, генерал почувствовал, как холодок жути пробежал и по его спине. А Абрек находился уже в нескольких десятках метров от площади.

— Что за чертовщина? — проворчал генерал. Его вдруг охватил тот порыв гнева и ярости, который, бывало, находил на него в самые опасные минуты. Генерал повернул лошадь к площади и изо всех сил вонзил шпоры в бока. Абрек, не привыкший к такому жестокому обращению, мотнул головой, прижал уши и бросился вперед полным карьером. С разгона он влетел на площадь и тут, страшно захрипев, сделал такой прыжок в сторону, что генерал — лучший кавалерист во всей армии, — как срезанный, свалился с лошади. Но он, казалось, даже не заметил этого. Его сознание, нервы, весь его организм, так же как и у его лошади, были потрясены необычайным, сверхъестественным ужасом. Он пришел в себя только на улице, куда вытащил его Абрек, волоча за ногу, запутавшуюся в стремени. Отряды пехотинцев уже подошли к этому месту.

"Видали!.. Какой позор!.." — думал генерал. Он поднялся, отряхнулся и, подавляя смущение, сказал подъехавшему адъютанту:

— Ничего... Не беспокойтесь, пустяки! Проклятый Абрек, чего-то испугавшийся, выкинул такой фокус, что сам дьявол не усидел бы.

Генерал не сказал о том паническом ужасе, который испытал он сам, чтобы "не понижать боевого настроения" и не опозориться еще больше перед офицерами и солдатами.

— Все части стянуты?

— Все на местах. Улицы, ведущие на площадь, и даже проходные дворы заняты...

— Банковская улица?

— Вход в эту улицу также занят.

— Хорошо! Ждите сигнала!

Как только по приказу генерала сияющие дуги ракет склонились над домом Глюк, войска двинулись на приступ.

Тут произошло нечто невероятное.

Такой паники не приходилось видеть генералу за всю свою долгую боевую жизнь. Генерал стоял недалеко от площади в автомобиле и кричал своим громовым голосом:

— Вперед! Вперед! Стрелять буду!..

Но его никто не слушал. С солдатами творилось что-то необыкновенное. В смертельном ужасе метались они, бросая винтовки, давя друг друга. Стон и крики стояли над площадью. Задние ряды напирали, вступившие на площадь рвались назад... Генерал отдал приказ теснить беглецов. Сплошные ряды войск, запрудившие улицу, выдавливали на площадь головные колонны. Площадь превратилась в беснующийся ад, но она понемногу наполнялась.

Вдруг какая-то новая волна разлилась более широким кругом, и паника охватила также войска, шедшие по улице. Волны эти набегали, как ледяное дыхание смерти, прокатываясь по рядам, и стройные колонны солдат превращались в дикое стадо обезумевших животных. Солдаты бросались друг на друга, спасались в подъездах, воротах домов, а оттуда им навстречу в паническом ужасе выбегали граждане.

Паника наполнила и дома. Люди прятались под кровати, залезали в шкафы. Некоторые выбрасывались из окон на головы солдат, на штыки. Женщины хватали детей и с дикими воплями метались по комнатам, как будто весь дом был объят пламенем. По коридорам и лестницам домов бурлили потоки людей, потерявших голову. Одни бежали вверх, другие — вниз, катились по лестнице, топтали упавших женщин и детей. Ужаснее всего было то, что никто не знал причин паники, никто не знал, от кого нужно спасаться. Но постепенно в этом хаотическом, бурлящем потоке образовалось движение в одну сторону; возможно, что солдаты задних рядов, до которых еще не докатились волны паники, видя картину всеобщего смятения, побежали назад и увлекли за собой других. Этот поток обратного движения все рос. Казалось, люди нашли путь к спасению, и они побежали все в одном направлении с такой бешеной скоростью, как будто их преследовали тысячи пулеметов.

Пробежав три улицы, адъютант увидал своего "железного генерала" — человека, не знавшего страха. Генерал, без каски, в разорванном мундире, с безумными глазами, перескакивал через груды упавших тел, пробивая дорогу огромными кулачищами.

А заградительная паническая зона, как после назвали это явление, все ширилась. Она захватила собой и здание, в котором заседал комитет общественного спасения. Члены комитета и все правительство бежали.

Только к утру паника утихла, но комитет не решался возвращаться в город.

Столица была потеряна. Оставалось спасать страну. Но в это уже почти никто не верил. Когда члены комитета разыскали друг друга, в соседней деревушке был устроен военный совет. "Железный генерал" был совершенно подавлен неудачей и находился в полном отчаянии...

— Перед чертом штыки бессильны, — сказал он и мрачно опустил голову.

Штирнер победил. Он мог распоряжаться страной по своему желанию, как ни один деспот в мире.

# IX

## "Дружеская помощь"

Иностранные государства с интересом следили за исходом борьбы немецкого правительства со Штирнером. Французские и английские банкиры не скрывали своего удовольствия, когда телеграф и радио приносили известия о разорении и гибели крупнейших немецких банкиров — конкурентов на международном денежном рынке.

— Отлично! Молодец Штирнер! — говорили иностранные банкиры и уже подсчитывали будущие барыши.

Они считали Штирнера необычайно удачливым финансистом, но были уверены, что он в конце концов сорвется, как сорвался когда-то выросший как на дрожжах концерн Стиннеса. Могущество Штирнера росло, превосходя все ожидания, всякую меру. История капитализма не знала такой быстрой и головокружительной карьеры, какою оказалась карьера этого финансового Наполеона. "Солнце Аустерлица" разгоралось над ним все ярче, и не было никаких признаков, указывающих на приближающееся "Ватерлоо".

Все чаще, все упорнее стали проникать слухи о том, что успех Штирнера имеет какие-то необычайные причины, что в его руках есть какие-то таинственные средства воздействия на людей, которых он обезволивает, подчиняет своему влиянию, делает игрушкой в своих руках.

Когда Штирнер стал на путь борьбы с правительством, опасливо зашевелились не только иностранные банкиры, но и государственные деятели.

Поражение "железного генерала" и бегство правительства произвели ошеломляющее впечатление во всем дипломатическом мире.

Один против всех! Один против государства! Без армии, пушек, без единого выстрела — и он вышел победителем из борьбы!..

Оставаться пассивными зрителями больше было нельзя. Иностранным государствам приходилось определить свое отношение к узурпатору.

Во Франции Штирнер на время заслонил собой вопросы и внутренней политики, и даже колониальных войн. Событиям в Германии были посвящены специальные закрытые заседания совета министров и палаты депутатов. Собрания эти носили бурный характер.

Небольшим большинством голосов в конце концов было принято решение: принципиально участие в борьбе со Штирнером признать необходимым, предложив свою помощь Германии, но активно выступить, только обезопасив себя со стороны Англии.

Англия относилась к событиям в Европе более спокойно, хотя внимательно наблюдала за ходом борьбы со Штирнером. Английский кабинет министров довольно скоро установил единство мнения.

— Германия достаточно обессилена европейской войной, и дальнейший развал Германии может нарушить европейское равновесие. Штирнер, по мнению кабинета, непосредственной угрозы для других стран в настоящий момент не представляет, может быть, его властолюбие не идет так далеко. Если во Франции смотрят иначе, это их дело. Но нельзя допускать, чтобы Франция единолично вмешалась во внутренние дела Германии, хотя бы и с согласия последней. Кроме того, хотя Штирнер и узурпатор, но он, по-видимому, неплохой хозяйственник. Нужно посмотреть, как он поведет дело. А как вывод изо всего этого — следует предложить Франции обождать с выступлением. Если же Штирнер проявит намерение вмешаться в дела иностранных государств или затронет их интересы, выступить совместно с Францией.

Ответ этот, сообщенный Франции, вызвал негодование среди милитаристов, которые взывали к достоинству нации.

— Нельзя вечно идти на поводу у Англии! — говорили они, призывая к немедленному выступлению, хотя бы уже только для того, чтобы доказать независимость французской политики.

Однако к немедленному выступлению встретились препятствия дипломатического свойства. Германское правительство, не без основания опасавшееся, что "искренняя помощь" со стороны Франции обойдется слишком дорого, не торопилось принять руку этой помощи.

Притом немецкое правительство еще не теряло надежды покончить со Штирнером собственными силами.

Несмотря на неудачный исход сражения, "железный генерал" пользовался еще большим авторитетом в военных и министерских кругах, а он был решительным противником иностранного вмешательства.

— Что нам даст это вмешательство, — говорил он, — кроме нового унижения и новых налогов? Я уже предлагал на военном совете пустить в ход дальнобойные пушки, чтобы снести с лица земли проклятое гнездо... Но мне возражали: это поведет к напрасной гибели, быть может, нескольких тысяч наших граждан, ни в чем не повинных мирных жителей. Такой сентиментализм вреден! Лучше обречь на гибель несколько тысяч, чем все государство!

— И не только это, ваше превосходительство, — прервал его речь военный министр, в душе завидовавший популярности "железного генерала". — Решающим мотивом, который заставил нас отказаться от применения артиллерийского огня, было выдвинутое мною соображение, что, уничтожив тяжелой артиллерией до основания дом Готлиба, мы вместе со Штирнером начисто уничтожим и его изобретение. А оно... Его жалко уничтожить! Если бы нам удалось овладеть орудием Штирнера, ого! — Министр даже мечтательно закрыл глаза. — Мы посчитались бы с Францией, мы уничтожили бы всех наших врагов, мы...

— Правили бы миром? — резко ответил "железный генерал". — Остановка за малым: захватить живьем Штирнера. Я уже пробовал. Пусть попробуют другие!

После долгих прений атака Штирнера из тяжелых дальнобойных орудий была решена.

И когда огромная дальнобойная пушка выпустила из чудовищного жерла снаряд в два человеческих роста длиною и он, разрезая воздух с потрясающим шумом, понесся по направлению столицы, "железный генерал" не мог скрыть своего восторга. Для него этот громовой удар был сладок, как симфония.

— Ого! — И он расхохотался. — Летит! Нуте, господин Штирнер, заставьте свернуть этот гостинец с пути! Теперь огонь батареи! Скорее, пока он там не одумался, если еще не переселился на небо.

Казалось, обрушилась земля. От сотрясения воздуха солдаты не могли устоять на ногах. И только "железный генерал", как бог войны, стоял с сияющим лицом. Казалось, он стал еще выше. Морщины около глаз собрались в хищно-веселую улыбку.

— Огонь! — крикнул он. Но, несмотря на звучный голос, его никто не услышал: потрясенные барабанные перепонки отказывались воспринимать слабые звуки человеческого голоса.

Генерал в нетерпении махнул рукой, показывая на орудия.

Прислуга занялась подготовкой к следующему выстрелу,

но вдруг, будто обессилев, артиллеристы склонились и стояли неподвижно на своих местах.

— Что же вы? — крикнул "железный генерал". — Огонь!

Солдаты не двигались.

"Железный генерал" подбежал к одному из них и дернул за плечо, но солдат как будто даже не заметил этого.

"Железный генерал" стал неистово ругаться и топать ногами. Его сознание леденила мысль о том, что Штирнер жив и уже пустил в ход свое невидимое орудие.

Так же неожиданно артиллеристы ожили и стали вдруг поворачивать орудия, стоявшие на круглых площадках, в обратную сторону. Никогда еще они не делали этого так четко, автоматично и быстро. Ошеломленный генерал не успел прийти в себя, как пушки были повернуты и грянул залп, один, другой, третий... Залпы не смолкали, пока не был расстрелян весь запас снарядов. И снаряды летели один за другим, неся смерть соседним городам и мирным селениям.

"Железный генерал" уже не кричал, не волновался. Он понял все, понял, что его приказы напрасны перед этой неведомой силой, сковавшей волю солдат. Сознание катастрофы подавило, ошеломило его. Он сам чувствовал себя скованным неведомой силой. В изнеможении опустился он на землю и низко склонил побледневшее лицо.

А когда последний залп замолк и наступила звенящая тишина, генерал вынул из кобуры револьвер и приставил к виску. Кто-то выбил револьвер из его рук.

— Стыдно, ваше превосходительство! — сказал адъютант.

Генерал как будто даже не заметил этого. Он продолжал сидеть, тупо глядя на землю. Кругом, как трупы, валялись упавшие от изнеможения солдаты.

Вечерело. Молодой месяц пробирался по светлому еще небу между клубами облаков. Но люди не видали месяца, не слышали свиста птицы в соседнем лесу. Они были полумертвы.

Только адъютант еще бодрился. Он даже нашел в себе силы послать из походной радиостанции телеграмму правительству об исходе сражения, хотя в этом едва ли была нужда: снаряды, падавшие на города и селения, сами разнесли весть о катастрофе.

— Скверно... — тихо сказал адъютант, уселся недалеко от генерала на походный стул и закурил папиросу, рассеянно глядя на небо.

Его внимание неожиданно было привлечено точкой на горизонте, то появлявшейся, то исчезавшей между туч. Опытный глаз адъютанта скоро определил, что это летит аэроплан. И летит, по-видимому, прямо на Берлин. За ним следовал другой, третий, целая эскадрилья.

"Чьи это могут быть аэропланы? — подумал адъютант. — Мы не отдавали распоряжения нашим летчикам... Может быть, военный министр распорядился, узнав об исходе сражения? Но было бы безумием посылать людей на верную гибель после того..." Не окончив мысли, он подошел к генералу и осторожно тронул за плечо:

— Ваше превосходительство!

— Да, да... Все кончено! Корф, зачем вы отняли у меня револьвер? — вспомнил вдруг генерал. — Отдайте мне. Все равно я не переживу этого позора.

— Ваше превосходительство, на Берлин летит эскадрилья аэропланов.

— Глупость... чушь... вам мерещится...

— Извольте посмотреть!

Рокот аэропланов уже ясно был слышен среди вечерней тишины.

Генерал устало повернул голову.

— Черт! Действительно! Дурачье! Этого еще недоставало. Запросите по радио: чьи?

Адъютант послал радиограмму, но ни один аэроплан не ответил.

Генерал начал ругаться: он оживал.

"Наконец-то пришел в себя!" — подумал адъютант, улыбаясь.

Генерал быстро поднялся на ноги и как-то весь встрепенулся, словно его окатили бодрящим, холодным душем.

— У вас молодые глаза, Корф, чьи аэропланы, вы не видите?

Аэропланы уже были довольно близко, но летели они на значительной высоте, притом быстро темнело от сгущавшихся туч. Над местом канонады собиралась гроза. Ветер крепчал. Он качал аэропланы, но, видимо, руководимые опытной рукой, они хорошо справлялись с ветром...

— Трудно разобрать...

— Осветите аэропланы прожекторами.

Через несколько минут яркие лучи света залили аэропланы. Генерал и адъютант вооружились биноклями.

— Или мне мерещится, — сказал генерал, — или...

— Вам не мерещится. Я совершенно ясно вижу... Это американские аэропланы.

— Час от часу не легче! — Генерал грузно опустился на стул и, положив бинокль на колени, смотрел на удаляющиеся аэропланы. — Вы понимаете, что происходит? — спросил он адъютанта.

Корф, продолжая смотреть в бинокль, пожал плечами:

— По-видимому, они держат путь на Берлин... Значит, Америка.

— Но как? Почему?

— Их, кажется, ветром относит несколько в сторону.

Вмешательство Северо-Американских Соединенных Штатов в борьбу со Штирнером было неожиданностью не только для "железного генерала", но и для всей Европы.

Пока между европейскими государствами происходили дипломатические переговоры, в Вашингтоне, который зорко следил за всем происходящим, быстро было принято решение.

Америка не могла оставаться безучастной. Мало того, что разрушительная работа Штирнера понижала платежеспособность одного из европейских должников, Вашингтон еще раньше военного министра Германии учел все те последствия, которые могут произойти, если германское правительство, покончив с самим Штирнером, сумеет овладеть его средством борьбы. Америка раньше других оценила все значение этой новой могучей силы. Если овладеть этой силой самой Америке было трудно, то нужно было уничтожить орудие Штирнера вместе с ним, чтобы его тайна не попала в другие руки. И чем скорее это сделать, тем лучше. Но как? Американская техника уже значительно овладела способом управления аэропланами по радио, и они могли пролетать большие пространства без летчиков, по установленному в месте отправки направлению, и автоматически сбрасывать разрывные снаряды большой разрушительной силы на заранее определенном месте. Единственно, что еще не было закончено, это механизм для получения с летящих аэропланов съемки всего пролетаемого пути, чтобы все время следить за полетом и корректировать его. Но откладывать выступление до окончания этих работ было признано рискованным. Точность механизмов и тщательно составленные военные географические карты, казалось, могли обеспечить успех... Америка также рано поняла и то, что со Штирнером возможна лишь борьба механизмами, отправленными без людей, с большого расстояния от него. Правда, Атлантический океан и путь по Европе от западного берега Франции был слишком велик. На таком большом протяжении воздушные течения могли изменить первоначальный полет аэропланов, несмотря на все автоматические выпрямители. Поэтому необходимо было отправить их в путь по крайней мере с территории

Франции, но для этого требовалось ее согласие, равно как нужно было и согласие Германии на этот налет на Берлин. Для американской дипломатии не составило труда получить от европейской дипломатии нужный ответ.

Американским правительством были посланы по этому поводу Франции и Германии очень почтительные ноты, составленные в самых изысканных формах дипломатической вежливости. А одновременно с почтительными нотами были посланы короткие, но энергичные напоминания о немедленной уплате задержанных платежей государственного долга.

Ответ не замедлил: Франция и Германия ответили такими же любезными нотами, с выражением согласия на вмешательство Америки, и одновременно до унижения почтительно они просили об отсрочке платежей.

Америка великодушно согласилась на отсрочку и послала свои аэропланы. Она даже не дождалась замедлившегося ответа Германии, будучи в нем вполне уверена, и американские аэропланы, которые увидали "железный генерал" и его адъютант, летели над Германией в тот момент, когда министр только еще подписывал ответ.

Однако Америка была обманута в своих расчетах. Буря отнесла аэропланы в сторону. Только один из них сбросил бомбы на столицу, снесши до основания королевский дворец. Остальные аэропланы посбрасывали свои смертоносные грузы в окрестностях города, произведя значительные опустошения.

Американцев не смутила неудача, они отправили новую эскадрилью. Но тут немцы, видя плачевные результаты воздушной экспедиции, сначала взмолились, прося избавить их от такой сокрушительной помощи, а потом, видя, что им нечего терять, послали энергичный протест, взывая вместе с тем к общественному мнению Европы. Америка не обратила бы на этот протест внимания, если бы не изменилось положение на театре военных действий.

Штирнер, очевидно все усовершенствовавший свое необычайное орудие, вдруг послал направленное мыслеизлучение, прорезавшее не только Германию, но и всю Францию до самого океана.

Все попавшие в полосу этого луча узнали, что думал Штирнер. "Вы хотите поднять мировую войну против меня? Я принимаю вызов! Ваши орудия ничтожны по сравнению с моим. Оставьте поэтому борьбу. Если же безумие овладело вами, я сделаю вас еще безумнее. Шлю последнее предупреждение!"

И, очевидно изменив несколько угол луча, Штирнер послал новое мыслеизлучение. Все, кто попал в этот луч в Германии и Франции, действительно обезумели. Буйное помешательство охватило даже экипаж и пассажиров парохода, плававшего у берегов Франции. Люди бросались в безумии в волны, кочегары взорвали котлы, пароход потонул. Больницы для душевнобольных переполнились. Буйнопомешанные бродили по улицам, бросались на прохожих, наводя панику. Несколько человек, особенно опасных и сильных, пришлось застрелить.

Вся Европа переживала панику. В Вашингтоне царило непривычно подавленное настроение. Несколько американцев-инженеров, участников экспедиции, подпавших под действие лучей Штирнера, привезенные из Франции, производили удручающее впечатление. Впервые Америка переживала такой удар, тем более чувствительный национальному самолюбию, что он был нанесен могущественному государству одним человеком, да еще европейцем.

На время пришлось прекратить военные действия, и Штирнер отдыхал от того постоянного огромного напряжения, в котором он находился во время "боев".

## X

## В поисках равного оружия

Зауеры жили на побережье Средиземного моря, в Оспидалетти, недалеко от Ментоны.

Эмма имела основание жаловаться в своем письме к Эльзе на мужа. В первое время по приезде Отто Зауер был очень нежен и внимателен к своей больной жене. Он сам выносил ее на руках на широкую веранду, заботливо усаживал в кресло и вывозил в колясочке ребенка. Целыми днями просиживали они так, любуясь лазурным морем, следили глазами за проходящими пароходами и легкими, изящными яхтами, за гидропланами, с воркованием летавшими вдоль побережья. Они почти не говорили друг с другом, но это молчание было легким молчанием счастливых людей. Изредка Эмма с радостной улыбкой протягивала Зауеру руку, он пожимал ее и не выпускал из своей.

Южное солнце оказывало на ее здоровье благотворное влияние. Скоро румянец вернулся на ее щеки, силы прибывали, и через три недели она уже была на ногах.

Но радость выздоровления стала скоро омрачаться тем, что Зауер начал относиться к жене все более холодно. Она уже не находила, проснувшись, на столике у кровати свежего букета окропленных водой гвоздик, фиалок и темно-красных душистых роз. Зауер все реже сидел с нею на веранде. И молчание их стало тягостным. Оно уже не сближало, а отдаляло их.

— Ты уходишь? — тоскливо спрашивала Эмма, видя, что Зауер поднимается.

— Не могу же я торчать здесь целый день, — грубо отвечал он и уходил к себе в комнату или из дому.

Однажды, войдя неожиданно в комнату мужа, она застала такую картину.

Зауер с грустью и нежностью смотрел на портрет Эльзы, сидя у письменного стола с открытым ящиком.

Будто тонкая игла пронзила сердце Эммы. Эмма вспыхнула, хотела выйти незамеченной. Но Зауер увидел ее в отражении большого зеркала. Их взгляды встретились, Эмма смутилась еще больше. А Зауер нахмурился, лицо его стало злым. Он бросил карточку в стол, со стуком задвинул ящик и, не оборачиваясь, глядя в ее зеркальное отражение, раздраженно сказал:

— Что у тебя за манера врываться в комнату, когда я... занимаюсь?

— Прости, Отто, я не знала...

И она тихо вышла из комнаты.

Сердце маленькой Эммы было ранено.

Она забралась в свою комнату и долго плакала, склонившись над колыбелью сына.

— Бедный мой мальчик, крошка моя! — плакала она, осторожно целуя головку ребенка, и несколько слез упало на его волосы.

Вечером она не спала и думала, думала... Это было так не похоже на маленькую Эмму.

"Так вот почему охладел ко мне Отто! — думала она, ломая руки. — Он любит другую. Эта другая — Эльза! Это так естественно. Ведь они любили друг друга. Как я могла забыть об этом? Почему я согласилась стать женой Зауера? Почему Зауер женился на мне, если он любит Эльзу? Но он любил и меня, мое сердце не обманешь. А Эльза?.."

Все это было слишком сложно для Эммы. Тяжелые мысли, неразрешимые вопросы, как горная лавина, обрушились на нее и сразу раздавили нежный цветок ее счастья.

— Отто, Отто! — шептала она в отчаянии и плакала бессильными слезами.

Бороться? Она не создана для борьбы.

К утру она приняла решение: написать Эльзе то самое письмо, которое Штирнера взволновало больше, чем Эльзу.

Женское чутье подсказало Эмме верный тон письма: она ни слова не упомянула в письме о случае с карточкой. Она только делилась с Эльзой, как с подругой, своим горем.

Полусознательно Эмма ставила этим письмом ловушку своей сопернице, надеясь, что та как-нибудь выдаст себя, если она продолжает любить Зауера.

С нетерпением Эмма ожидала ответа Эльзы и наконец получила его.

Руки не повиновались, когда она вскрывала конверт, сердце замирало, а строки прыгали перед ее глазами.

Но, прочитав письмо, Эмма вздохнула с облегчением:

— Нет, Эльза не умеет лгать!

Эльза утешала Эмму, уверяла, что Отто опять будет нежен к "своей маленькой куколке"; главное же, что успокоило Эмму, — Эльза больше писала о себе, о своей любви к Штирнеру, о своем счастье, о своих тревогах... Она искренне выражала беспокойство, что Штирнер стал плохо выглядеть, что он переутомлен и чрезвычайно нервен. У Эммы отлегло от сердца. Конец письма даже рассмешил ее.

"Ты не узнала бы теперь Штирнера. Он отпустил бороду и теперь стал похож на пустынника-монаха..." — писала Эльза.

— Представляю себе! Вот чудовище-то!

Эмма повеселела.

Но Зауер скоро заставил ее вновь погрузиться в безысходное отчаяние.

После случая с портретом Эльзы Зауер стал с Эммой еще более резок и груб.

Он приходил теперь на веранду, когда там сидела Эмма, только для того, чтобы посмотреть на сына. Не обращая внимания на Эмму, Зауер усаживался у детской коляски и начинал возиться с малышом.

Эмма с волнением следила за мужем, ловила его взгляд, но Отто не замечал ее. Иногда решалась заговорить.

— Эльза писала, что Штирнер плохо выглядит и очень переутомлен...

— Мир только выиграет, если подохнет эта скотина, — сквозь зубы отвечал Зауер.

Эмма была удивлена резкой переменой Зауера к Штирнеру. Теперь Зауер не мог слышать его имени. Но Эмма не решалась спросить о причинах этой перемены. И они сидели молча.

Как-то Эмме показалось, что Зауер в хорошем настроении. По крайней мере, он был спокойнее обычного. Над морем летала стая аэропланов.

— Отто, а почему аэропланы не падают? — спросила вдруг Эмма.

— До какой степени ты глупа, Эмма! — ответил Зауер. — Поразительно, как я этого не замечал раньше!..

Эмма побледнела от горя и обиды.

— Ну что ж, можешь оставить меня, — ответила она дрогнувшим от слез голосом. — Возьму маленького Отто и уйду...

— Пожалуйста! Удерживать не буду. Но сына я тебе не отдам! — И, поправив одеяльце на ребенке, он вышел.

Эмма, уже не сдерживая слез, подошла к ребенку и склонилась над ним.

— Неужели я лишусь и этого?

На дорожке сада заскрипел под чьими-то ногами песок.

— Могу я видеть господина Зауера?

Эмма наскоро вытерла лицо платком и обернулась. Перед

нею стоял молодой человек в летнем белом костюме, с рыжими волосами и веснушками на лице.

"Где я видела это лицо?" — подумала Эмма.

— Вы не узнаете меня? Мы, кажется, встречались.

— Ах да, да, господин Готлиб!

— Рудольф Готлиб, вы не ошиблись.

На голоса вышел Зауер. Готлиб поклонился:

— Господин Зауер, мне нужно с вами поговорить по весьма важному делу.

Они прошли в кабинет.

— Надеюсь, вам известно из газет, — начал Готлиб, — о всех событиях последнего времени.

— Я не читаю газет, — ответил Зауер.

Готлиб поднял с изумлением брови:

— Но об этом говорит весь мир!

Зауер был несколько смущен. С самого приезда на Ривьеру он совершенно не читал газет, как будто забыл об их существовании. Почему? Он сам не знал этого. И теперь вопрос Готлиба заставил его самого призадуматься.

— Я хотел отдохнуть, — ответил Зауер, чтобы как-нибудь объяснить странность, — а в газетах всегда есть что-нибудь, что взволнует или расстроит... все эти политические дрязги...

— В таком случае я должен вам осветить положение вещей. Дело идет уже не о политических дрязгах, а об опасности, которая угрожает целой стране, быть может, всему миру.

Готлиб рассказал Зауеру о необычайной войне между комитетом спасения и Штирнером и о бесславном поражении "железного генерала".

Зауер слушал с возрастающим вниманием, прерывая иногда рассказчика ругательствами по адресу Штирнера.

Эти реплики, видимо, очень нравились Готлибу.

— Я чрезвычайно доволен, — сказал Готлиб, окончив рассказ, — что вы, кажется, так же мало расположены к Штирнеру, как и я. Каждый из нас имеет свои причины ненавидеть Штирнера. Но вы с ним работали, были его правой рукой, и я, признаюсь, опасался, что вы и сейчас на его стороне. Тогда моя миссия не увенчалась бы успехом... Я послан комитетом — собственно, это была моя идея, — но я имею полномочия... Мне казалось, что вы единственный человек, который может открыть тайну необычайного влияния Штирнера на людей, тайну той силы, которою он обладает. В настоящее время большинство ученых склоняется к тому, что Штирнер овладел тайной передачи мысли на расстояние. Но секрет этой передачи не открыт. И если бы вы захотели... вы могли бы оказать нам огромную услугу... и награда...

Зауер поднялся и в волнении прошел по комнате.

— Награда? Свалить этого изверга Штирнера — лучшая награда для меня!

В этот момент Зауер подумал об Эльзе.

Ему вспомнилась сказка о принцессе, попавшей в руки злого волшебника. Штирнер — это волшебник. А он, Зауер, рыцарь, который должен освободить принцессу от чар. Освободить! Но как?..

— Я охотно помог бы вам, господин Готлиб, если бы хоть что-нибудь знал наверное. Собственно говоря, у меня имеются только догадки. Насколько мне известно, Штирнер до поступления на службу к вашему покойному дядюшке занимался научной деятельностью в области изучения мозга и передачи мыслей на расстояние. Он делал опыты над животными, и я сам видел, что эти животные проделывали чудеса. Я лично думаю... — Зауер помолчал, как бы колеблясь, затем продолжал, — что ваш дядюшка, Карл Готлиб, погиб не естественной смертью... Эта собака, бросившаяся под ноги старику в момент приближения поезда — пусть Штирнера не было в этот момент, — она могла действовать по его внушению.

Рудольф Готлиб привстал и вытянул вперед голову. От волнения он тяжело дышал.

— Я всегда думал, что в деле наследства скрыто преступление! — воскликнул он. — Но почему вы не высказали своих подозрений во время процесса? Больше того, на суде вы защищали интересы Эльзы Глюк...

Зауер пожал плечами:

— Я думаю, что я, как и все окружающие Штирнера, находился под влиянием этого ужасного человека. Я не ученый и не знаю, каким путем Штирнер внушает людям свои мысли. Но я думаю, что власть его ограничена известным кругом воздействия. Сужу я об этом по тому, что только здесь, вдали от него, я почувствовал, как стал постепенно освобождаться от какого-то гипноза, "размагничиваться" от того заряда, который, очевидно, получен мною перед отъездом. Или Штирнер не достиг еще возможности действовать на большие расстояния, или же он сделал мне, при моем отъезде, недостаточно сильное внушение, и оно со временем ослабело.

— Вы правы, — сказал Готлиб. — Но Штирнер, по-видимому, непрерывно совершенствуется, круг, сила и длительность его воздействия все увеличиваются. И кто знает, может быть, уже завтра мы не будем в безопасности и здесь.

Зауер вздрогнул:

— Опять? Опять подпасть под власть этого человека? Сделаться игрушкой в его руках? Нет, лучше бежать на край света! А еще лучше уничтожить Штирнера. Освободить себя и других!..

— И если это так, если тайна успеха Штирнера в этом, то бороться с ним можно только равным оружием. Кто даст нам его?

Они молчали. Зауер что-то обдумывал.

— Да, вы правы, — сказал он. — Бороться можно только равным оружием. Мне сейчас пришла мысль. Не может же быть, чтобы только один Штирнер занимался разрешением проблемы о передаче мысли на расстояние! Надо поискать среди ученых...

— Мы искали, — сказал Готлиб, — обращались к ученым, работавшим в этой области. Но их так мало. Мы запрашивали одного итальянского ученого. Он ответил, что то, что делает Штирнер, еще недоступно современной науке. Или Штирнер гений в этой области, ушедший вперед, или тут что-нибудь иное.

— Но не один же итальянец...

— Мне приходилось читать об опытах еще одного ученого. Правда, он даже не имеет профессорского звания...

— И потому вы не обратились к нему? — с иронией спросил Зауер.

— Признаюсь...

— А Штирнер разве гнет нас в дугу своим профессорским званием? Надо непременно найти этого ученого! Нельзя упускать ни одного шанса.

Подумав немного, Зауер сказал:

— И нельзя упускать ни одной минуты. Вот что: я еду с вами, мы разыщем этого ученого и послушаем, что он нам скажет. Да, еще одно. Штирнер жил на вилле в Ментоне, это рядом. Надо заглянуть туда: не оставил ли он после себя каких-нибудь следов?

Зауер быстро собрался в дорогу.

— Эмма, — сказал он, встретив жену на веранде, — я уезжаю.

— Надолго? — тревожно спросила Эмма.

— Не знаю, но думаю, что надолго. — Холодно простившись с нею, он быстро вышел в сопровождении Готлиба.

А Эмма не знала, плакать ли о том, что Зауер покинул ее, или радоваться, что он не лишил ее ребенка.

Зауер, имевший доверенность от Штирнера, беспрепятственно проник в виллу Эльзы Глюк и внимательно осмотрел все помещение.

В одной из комнат, почти пустой, был найден огромный кусок металлического сплава. На полу валялись обрывки проволочной спирали, обломки фарфоровых изоляторов, клеммы, зажимы.

— Чистая работа! — сказал Готлиб, разглядывая сплавленную глыбу металла. — Штирнер умеет прятать концы в воду. Ясно, что здесь стоял какой-то аппарат. Но как удалось ему расплавить весь металл, не обуглив даже пола?

— Ну что ж, нам здесь делать больше нечего, Готлиб. Едем искать противоядное оружие. Где находится ваш недипломированный ученый?

— В Москве.

# XI

## Московский изобретатель

Месяц спустя Зауер и Готлиб входили во двор-колодец на Тверской-Ямской, недалеко от Триумфальных ворот. Шестиэтажные дома плотно обступали асфальтированную площадку. Голоса игравших детей гулко отдавались среди высоких стен.

— Кажется, здесь, — сказал Готлиб, просматривая номера квартир у входной двери дома. — Идем, Зауер. Пока все идет хорошо.

— Фу, черт возьми, когда же кончится эта лестница? Удивительно, как это могут люди жить без лифта! — ворчал Зауер, тяжело дыша. — Какой номер квартиры?

— Двадцать девятый.

— А это двадцать пятый. Значит, на самый верх.

— Ничего, вам полезен моцион, вы слишком быстро полнеете, Зауер, — сказал Готлиб и нажал кнопку.

Зауер был разочарован тем, что он увидел, войдя наконец к Качинскому. Ни обстановка комнаты, ни сам изобретатель не соответствовали тому, что представлял себе Зауер.

Он ожидал увидеть кабинет, заваленный и заставленный всякими машинами, с тем беспорядком, который присущ изобретателям.

Жилище Качинского не напоминало лаборатории современного Фауста.

Это была небольшая комната с широким венецианским окном. У окна стоял большой письменный стол с пишущей машинкой. Другая машинка помещалась на небольшом столике, примыкавшем к узкой стороне письменного стола. Эти машины, одна с русским, другая с латинским шрифтом, да небольшой чертеж ветряного двигателя по системе Флетнера на стене у стола были единственными неясными указателями характера работ владельца комнаты.

Над широким турецким диваном висела неплохая копия с Картины Грёза, изображающая девушку с характерным грёзовским наивно-лукавым выражением глаз.

Зауер посмотрел на эту головку и поморщился. Ему вспомнилась Эмма. Он сравнивал ее с грёзовскими девушками, когда так неожиданно влюбился в нее.

Рядом с головкой Грёза висели два пейзажа. На отдельном

маленьком столике помещалась чугунная статуэтка, изображавшая одну из конных групп Клодта, стоящих в Ленинграде, на Аничковом мосту.

Небольшой буфет, шкаф с зеркалом, стол посреди комнаты, застланный чистой скатертью, и несколько обитых кожей стульев с высокими спинками дополняли обстановку.

На всем лежала печать чистоты и аккуратности. И это тоже сбивало с толку Зауера. Сидя в этой комнате, можно было представить, что находишься в Берлине, Мюнхене, но никак не в Москве.

Совсем иначе представлял он себе и русского изобретателя. Эта порода людей, по мнению Зауера, должна отличаться особыми чертами. Но перед Готлибом и Зауером стоял скромный на вид, еще молодой человек со светлыми, зачесанными назад волосами, светлыми глазами, гладко выбритым лицом, правильным носом и со скульптурно очерченной линией рта. Он был одет в темно-коричневую вельветовую блузу и брюки покроя галифе, заправленные в сапоги с узкими голенищами.

Рядом с ним стояла жена в белой блузке, радушная и приветливая.

"Уж не ошиблись ли мы?" — подумал Зауер. Но они не ошиблись. Гости представились, и скоро завязалась оживленная беседа.

"И этот человек, — подумал Зауер, — быть может, обладает такой же могучей силой, как Штирнер, но живет и выглядит так просто! Неужели он не чувствовал соблазна использовать эту силу в личных интересах, как Штирнер? Стать необычайно богатым, могущественным? Или здесь люди действительно мыслят и чувствуют иначе?.."

Зауер постарался косвенно получить ответ на интересующий его вопрос.

— Скажите, — обратился он с шутливой улыбкой к жене Качинского, — а вам не страшно иметь такого мужа, который может внушить окружающим все, что ему захочется, вам, например?

Качинская удивленно подняла брови:

— Зачем? Что особенного он мне может внушить? Мне и в голову никогда не приходила эта мысль. Для опытов у него есть лаборатория.

Качинский улыбнулся.

— Но все-таки это опасная сила, — сказал, несколько смутившись, Зауер.

— Как всякая другая, — ответил Качинский. — Нобель

изобрел динамит, для того чтобы облегчить человеческий труд в борьбе с природой — взрывать гранит. А человечество сделало из этого изобретения самое страшное орудие истребления. И огорченному Нобелю оставалось только учредить на "динамитные доходы" премию мира, чтобы хоть немного искупить свой невольный грех перед человечеством. Штирнер в этом случае не исключение. Он только использовал эту новую силу в своих единоличных целях. Все зависит от того, в чьих руках находится топор, — продолжал Качинский. — Один рубит им дрова, другой — человеческие головы. Опасность такого использования предвиделась еще до того, как Штирнер бросил вызов обществу. Когда первые мои опыты сделались известны широкой публике, меня прямо осаждали взволнованные обыватели. Несколько женщин приходили ко мне и уверяли, что злые люди уже подвергают их внушению на расстоянии. В отчаянии эти несчастные просили меня спасти их от "злых чар". Одна из них говорила мне, что какие-то студенты Харьковского университета так "заряжают" ее электрическими токами, что, когда она проходит мимо железных фонарных столбов, от нее с треском отлетает искра. "А когда я иду в калошах и шелковой шляпе, — говорит она, — тогда искры нет. Что мне делать? Я ложусь спать и чувствую, как электроволны наполняют меня, и слышу голос: "Теперь ты в нашей власти!""

Я посоветовал ей накрываться шелковым одеялом, а в руку брать металлический предмет, соединенный с трубами отопления. "Заземлитесь, как в радиоприемнике". И она уверяла потом, что это помогло ей. Как только она "заземлялась", ее "крючило", ток уходил в землю. Она спокойно засыпала. Что мог я еще сделать? Это были просто нервно или душевнобольные. Несколько мужчин угрожали убить меня, если я стану применять свое изобретение.

"Я не желаю, — кричал один из них, — чтобы вы начиняли мой мозг вашими мыслями!"

— И они правы в своих опасениях, — сказал Готлиб, желая скорее перевести разговор на практическую почву. — Ужасы, которые Штирнер сеет вокруг себя...

— Да, да, я тоже предвидел эту возможность, — сказал Качинский, — и поэтому я с самого начала работал в двух направлениях: над тем, как усовершенствовать передачу мысли на расстояние и как оградить людей от причинения им вреда.

— И что же, вам удалось это? — с интересом спросил Готлиб.

— Я думаю, что я разрешу задачу, — ответил Качинский.

— Позвольте мне задать один вопрос, — сказал Зауер. — Весь мир сейчас говорит о передаче мыслей на расстояние. Но, к стыду моему, я не знаю, в чем тут дело и почему только теперь вдруг люди открыли то, что, по-видимому, должно было существовать всегда.

Качинский оживился, а Готлиб недовольно вздохнул.

"Пойдет теперь теория, когда надо действовать!" — подумал он.

— В кратких чертах дело сводится вот к чему: каждая наша мысль вызывает ряд изменений в мельчайших частицах мозга и нервов. Эти изменения сопровождаются электрическими явлениями. Мозг и нервы во время работы излучают особые электромагнитные волны, которые расходятся во все стороны совершенно так же, как и радиоволны.

— Но почему же мы до сих пор не могли мысленно разговаривать друг с другом?

— Эти электроволны небольшой мощности и притом своеобразной природы. Поэтому в другом сознании отмечается излученная кем-либо мысль только в том случае, если эта мысль попадает в мозг, если можно так выразиться, одинаково настроенный.

— Словом, если "приемник"-мозг может принимать волны той же длины, какие посылает "передающая станция", то есть излучающий мозг?

— Совершенно верно. И случаи таких передач наблюдались давно между близкими людьми. Но так как эти случаи невозможно было проверить и тем более объяснить научно, то наука их чаще всего просто отрицала, тем более что этими загадочными случаями пользовались всякие спириты, телепаты, теософы и прочие мистики, пытавшиеся на этих научно не объясненных фактах доказать существование "духа", который может проявлять себя независимо от тела.

Качинский сделал паузу и продолжал:

— Один из таких "таинственных" случаев и натолкнул меня самого заняться вопросом о передаче мыслей на расстояние.

— Это интересно! — сказал Зауер.

Готлиб в нетерпении повернулся на стуле.

— Дело было в Тифлисе. Мой друг болел тифом в тяжелой форме, и я часто навещал больного. Однажды я вернулся от него поздно ночью, потушил огонь и лег в кровать. Пробило два часа. И вслед за боем часов я услышал совершенно отчетливо звук... как будто кто-то ложкой ударил несколько раз о край бокала из тонкого стекла. "Кошка!" — подумал я и зажег свет. Но, осмотрев комнату, я не нашел ни кошки, ни какого-либо стеклянного предмета, который мог бы дребезжать. Я не придал значения этому случаю и скоро уснул.

Наутро, войдя в дом друга, я увидал ту особую суету, которая без слов сказала мне все. Друг мой умер в эту ночь. Его труп еще лежал в кровати, и я стал помогать убирать его.

"Когда он умер?" — спросил я.

"Ровно в два часа ночи", — ответила его мать.

Подходя к кровати, я толкнул ногой тумбочку, на которой стояли лекарства. Ложка, лежавшая в большом бокале тонкого стекла, повернулась, и я услышал знакомый звук.

"Где я слыхал его? — с недоумением подумал я. — Вчера ночью. Нет никакого сомнения, что это тот же звук". И я спросил у матери моего друга, как умер ее сын.

"Ровно в два часа ночи я поднесла к его губам ложку с лекарством. Он только слабо шевельнул губами, но не мог уже пить. Я положила ложечку в стакан и наклонилась над ним. Он был мертв".

Случай этот заставил меня глубоко задуматься. Я, конечно, совершенно не допускал никакой сверхъестественности. Но чем же можно тогда объяснить этот случай? В то время я читал курс лекций по радио в одной из школ. Я, как вам, вероятно, известно, по профессии инженер-электрик. И первая мысль, которая у меня мелькнула, подсказала мне, что странное явление передачи звука должно быть электрического порядка, схожее с радиопередачей. Не излучил ли мозг умирающего друга электроволны, которые дошли до меня? Я стал изучать работу мозга и нервов уже здесь, в Москве. К моему удивлению, я нашел ряд очень близких аналогий в строении нервной системы и мозга с конструкцией радиостанции. Частицы мозга играют роль и микрофона, и детектора, и телефона; фибриллярные нити нейронов имеют на конце виток, удивительно напоминающий проволочную спираль — соленоид, вот вам самоиндукция. Интересно, что с физиологической точки зрения даже профессор-физиолог, с которым я работал, не в состоянии был удовлетворительно объяснить значение этой спирали. В свете же электротехники она получает вполне логичное объяснение. Природа, очевидно, создала этот виток для усиления электротоков. Есть у нас в теле даже лампы Раунда — это ганглиозные колбочки сердца. Источник энергии сердца соответствует батарее аккумуляторов, а периферическая нервная система — заземлению. Так, изучая строение человеческого тела с точки зрения электротехники, я пришел к полному убеждению, что наше тело представляет собой сложный электрический аппарат — целую радиостанцию, способную излучать и принимать электромагнитные колебания. Вот, пожалуйста, посмотрите чертеж.

Но мне нелегко было, бесспорно, доказать наличие электромагнитных волн. Я вел свои опыты в лаборатории Дугова, который успешно занимается опытами внушения животным. Свой опыт я поставил таким образом: я собственноручно смастерил клетку из густой железной сетки, стоящую на изоляторах; сетка могла, по желанию, заземляться. Перед клеткой мы сажали собаку, а в клетке помещался Дугов. Когда клетка не была заземлена, собака удачно выполняла мысленные приказы Дугова. Но достаточно было заземлить металлическую оболочку клетки — и никакое внушение не доходило до собаки. Я думаю, вы понимаете почему: электромагнитные волны, попадая на металлическую сетку, уходили в землю, не достигая собаки. Таким образом, задача была разрешена. Наличие электромагнитных волн, излучаемых мозгом, было установлено. Иными методами электромагнитная природа мозговых и нервных колебаний была доказана и работами наших ученых: академиком Лазаревым, профессором Бехтеревым, а в Италии — профессором Казамали.

Готлиб окончательно терял терпение.

— Это все чрезвычайно интересно, — наконец сказал он, — но, признаться, мы интересуемся не столько научной стороной, сколько практическими результатами ваших работ. Вы изволили сказать, что вам удастся разрешить задачу охраны населения от преступного использования нового средства воздействия на людей. Но вы еще не разрешили этой задачи. Короче говоря: сможете ли вы обезвредить Штирнера?

— Теоретически для меня вопрос решен, но опытной проверки в большом масштабе я еще не делал. Мы ограничивались опытами передачи мысли животным на коротком расстоянии. Моя "машина-мозг" вполне осуществима для современной техники. Я изучаю природу электромагнитных волн, излучаемых мозгом человека, устанавливаю их длину, частоту и так далее. Воспроизвести их механически уже не представляет труда. Усильте их трансформаторами, и мысли-волны потекут, как обычная радиоволна, и будут восприниматься людьми.

Машина моя строится и состоит из антенны, усилительного устройства с трансформаторами и катодными лампами и индукционной связи с колебательным контуром антенны. Вы можете излучить определенную мысль на антенну моей "передающей радиостанции", она усилит это излучение и пошлет в пространство. Вот новая "пушка", при помощи которой мы будем обстреливать Штирнера.

Готлиб вздохнул с облегчением:

— И скоро можно будет пустить эту пушку в дело?

— Недели через две, я думаю, удастся послать первый выстрел.

— В чем же он будет состоять?

— Мы застанем Штирнера врасплох и внушим ему, чтобы он вышел из дома и приехал к нам. И он будет в наших руках.

— Но где вы установите вашу пушку?

— Я думаю, что нам придется поехать возможно ближе к нашей цели. Повторяю, пушка не испробована на опыте, и я не ручаюсь за ее действие на большом расстоянии.

— Но не опасно ли вступить в сферу влияния Штирнера? Ведь он обладает орудием более дальнобойным, совершенным и испытанным?

— Другого выхода нет, мы должны пойти на риск.

— А изолироваться мы не можем? Ведь вы говорили, что думали и над защитительными средствами? — спросил Зауер.

— Конечно. Можно покрыть себя тонкой металлической сеткой, и электроволны, излученные мыслями Штирнера, будут осаживаться на сетку и проходить в землю. Мы будем нечувствительны к его излучениям, но в то же время такая изоляция лишит нас самих возможности излучить мысль. Правда, мы можем действовать механически, при помощи "машины-мозга". Но мною еще недостаточно изучены электромагнитные волны мозгового излучения, и потому пока придется рисковать собой. Я буду передавать мысли на антенну без изоляционного костюма. Если же почувствую влияние излучения Штирнера, вы накинете на меня сетку. Сами же вы будете в изолированных костюмах.

— А что, если прямо идти в этих защитных костюмах в дом Штирнера и расправиться с ним? Авось на этот раз он не заставит меня щекотать его бритвой, вместо того чтобы перерезать ему горло?

— Это значит идти на убийство...

— Туда ему и дорога!

— ...не только Штирнера, но и тех, кто пойдет его убивать. Штирнер, конечно, дорого продаст свою жизнь. Постараемся захватить его живым. Так будет лучше, и победа будет полней.

Готлиб встал. За ним поднялись Качинский и Зауер.

— Позвольте вас поблагодарить... — начал Готлиб.

— Не за что, — ответил Качинский. — Поблагодарите, когда Штирнер будет в наших руках.

## XII

## Немая война

Штирнер сидел в кабинете за столом над чертежами и вдруг почувствовал неудержимое желание выйти из дома. Он уже поднялся и направился к двери, как промелькнувшая мысль заставила его остановиться: что, если он сам оказался под воздействием чужой воли? Неужели они открыли его секрет и действуют тем же оружием? Очевидно, их воздействие еще не обладало достаточной силой: Штирнер не потерял способности рассуждать. Но непреодолимое желание выйти на улицу он ощущал совершенно ясно. Легкий холодок прошел по спине Штирнера. Он погиб, если сейчас же не освободится от влияния чужой мысли! Что делать? Как спасти себя? А его ноги непроизвольно уже донесли его до двери. У двери висело шелковое драпри. Рядом проходили радиаторы отопления. С чрезвычайным усилием воли Штирнер сделал шаг в сторону, сорвал шелковое драпри, накинул его на голову и уцепился руками за металлическую трубу отопления. Тотчас же он почувствовал, как желание выйти на улицу уменьшилось. Посылаемые неведомым врагом электромагнитные токи быстро уходили в землю. Штирнер вздохнул с облегчением. Но это еще не спасение. Надо было обдумать создавшееся положение.

"В моей комнате, — думал Штирнер, — есть железная клетка, в которой я делал первые опыты. Если бы пробраться туда, войти в клетку, заземлиться... Как-нибудь отсижусь, а там видно будет. Но успею ли я добежать? Не разобьет ли противник мой волевой импульс, как только я отойду от заземления? Если бы еще не этот линолеум на полу! Черт возьми! Меня начинают бить моим же оружием. Это скверно. Прежде всего надо изолироваться. У меня есть металлическая сетка. Можно будет накинуть ее на себя... Потом я сделаю настоящий костюм. Но как достать ее? Эльза! Надо вызвать Эльзу".

Между Штирнером и Эльзой давно установился такой полный контакт, что довольно ему было подумать, даже без применения каких-либо усилий излучения мысли, как она немедленно являлась. Штирнер начал мысленно призывать ее, как всегда ясно представляя весь путь, который должна та пройти. Но Эльза не шла. Шелковая материя на голове Штирнера задерживала излучения...

— Проклятие! — Штирнер приоткрыл шелк и полуобнажил голову. В ту же минуту он почувствовал желание выйти из дома. Штирнер поспешно натянул на голову шелк и задумался. Одним глазом через щелку в шелковой материи он увидел недалеко на стене кнопку электрического звонка.

— Спасибо покойному Готлибу, он везде насажал этих звонков. Может быть, мне удастся вызвать слугу...

Звонок находился на расстоянии двух метров. Скользя рукой по металлической трубе, он стал приближаться к звонку. Труба окончилась. Следующий сектор отопления находился на расстоянии семидесяти сантиметров. Штирнер нагнулся, левой рукой ухватился за конец трубы, а правую протянул к трубе следующего сектора, следя в то же время, чтобы шелк не сполз с головы. Для этого он закусил края материи зубами. Так перебрался он к следующему сектору и, держась за трубу, нажал звонок.

— Что, если они послали внушение и слугам? Я пропал...

Штирнер с облегчением вздохнул, когда вдали послышались шаркающие шаги старика Ганса.

Ганс вошел в кабинет и с невозмутимым лицом вышколенного лакея, который умел скрывать удивление за маской почтительности, стал перед закутанным в шелк Штирнером.

— Ганс, в моей комнате... — сказал Штирнер и запнулся. Он еще никого не пускал в свою комнату. "Э, теперь не до того, — подумал он. — Я смогу ему внушить, чтобы он забыл все, что увидит там". — В моей комнате находится металлическая сетка. Принесите ее немедленно сюда. Вот вам ключ...

Придерживая одной рукой шелк, как будто стыдливо закрывая свою наготу, Штирнер вынул другой рукой ключ и подал его Гансу.

Ганс молча удалился и принес тонкую металлическую сетку.

— Набросьте на меня!

Старик исполнил приказание с таким привычным видом, как будто он подавал пальто.

— Благодарю вас, Ганс. Теперь идите... Постойте! Вы ничего не испытываете, Ганс? Никаких особенных желаний? Ну, например, выйти на улицу?

— Куда там на улицу! Если правду сказать, господин Штирнер, я чувствую желание полежать... Больные ноги отдыха просят!..

— А давно появилось у вас это желание?

— Да уж лет двадцать, как к кровати стало тянуть...

— Идите, Ганс!

Штирнер быстро прошел в свою комнату, помещавшуюся позади кабинета.

— Ну погодите! — сердито ворчал он, приводя в движение машины. Внизу загудели мощные моторы, загорелись лампы, машина заработала. "Выстрел" был послан, и он достиг цели.

В окрестностях города стоял большой грузовой автомобиль, на площадке которого была установлена радиостанция не совсем обычного устройства. Это была станция, спроектированная по схеме Качинского, для передачи с усилением излучений мысли.

Шофер, Зауер и Готлиб были в особых костюмах, сделанных из тончайшей проволочной сетки, прикрывавшей все тело, не исключая лица.

— Наряд не совсем обычный, — смеялся Качинский, — но, если мода узаконит его, он покажется даже оригинальным. В будущем мы просто станем делать в наших костюмах тончайшую металлическую подкладку. К сожалению, я не знаю, как обойтись без вуали. Но ведь носили же вуаль женщины! А мы будем изготовлять наши вуали не толще и не тяжелее шелковых. Снаряд послан, — говорил Качинский. — Я послал Штирнеру приказ выйти из дома и идти сюда.

— А как мы узнаем, что снаряд попал в цель? — спросил Готлиб.

— Я думаю, он так или иначе известит нас, если и не явится, — сказал Качинский. — Дело в том, что мы имеем и механическую приемную радиостанцию, кроме нашего собственного "приемника"-мозга. А в ней имеется прибор, автоматически записывающий излучения другой станции.

И Штирнер действительно "известил" их, хотя и совершенно неожиданным для нападающих образом.

В тот момент, когда Качинский без изолирующего костюма отправлял новую "мысль-снаряд", он вдруг упал на площадку автомобиля, сделал попытку подняться и упал снова.

Он хотел сесть, но голова, а за ним и все тело свалилось на сторону.

Зауер и Готлиб бросились к Каминскому.

— Вы ранены? Контужены? Как вы себя чувствуете? — спрашивали они его. — Что у вас болит?

— Ничего не болит, и чувствую себя вполне здоровым, — отвечал Качинский, делая новую попытку сесть и вновь падая на сторону, — но, черт возьми, я совершенно потерял чувство равновесия!..

Зауер, Готлиб и шофер были поражены. Готлиб поспешил накинуть на Качинского металлическую сетку, чтобы оградить его от новых излучений.

— Ну да, конечно!.. Чему же вы удивляетесь? Штирнер, очевидно, парализовал мозговые центры, которые управляют равновесием. Однако он далеко ушел в своих работах! Чувство равновесия — один из сложнейших и наименее разработанных вопросов. Профессор Бехтерев...

"А все-таки эти изобретатели совсем особая порода людей, — думал Зауер. — Его свалили с ног, и он беспомощно копошится на земле, как раздавленный червь, а сам рассуждает о своей рефлексологии!.."

— Это он нарочно, — продолжал Качинский, — чтобы показать своему противнику, с каким опасным врагом нам приходится иметь дело. Чувство равновесия...

— Это все очень интересно, господин Качинский, но сейчас нам надо позаботиться о вашем здоровье. Я думаю, — обратился Готлиб к Зауеру, — нам придется на этот раз отступить и эвакуировать нашего первого раненого в этой необычайной войне, чтобы подать ему медицинскую помощь.

Несмотря на протесты Качинского, который хотел продолжать дуэль на расстоянии, Зауер и Готлиб решили отступить.

— Помните, что на вас лежит ответственность за миллионы людей. Что, если Штирнер убьет вас или, скажем, лишит разума?

— Ну что ж, едем... — со вздохом согласился Качинский.

— Да, Штирнер — опасный противник, — продолжал Качинский, лежа в автомобиле. — Он обладает более мощным орудием. И сила его передачи так велика потому, что он, очевидно, пользуется направленной волной. Попробуем и мы действовать направленными волнами!..

— Вы лучше скажите: как вы теперь будете жить без чувства равновесия?

— Может быть, мне удастся найти его! — ответил Качинский.

Готлиб с сомнением покачал головой.

Качинский выглядел совершенно беспомощным. Он не мог даже протянуть руки, она тотчас падала в сторону как плеть, хотя все члены его тела были совершенно невредимы.

— Посмотрите, Зауер, нет ли какой-нибудь записи на ленте аппарата.

Зауер посмотрел. Лента была испещрена кривыми линиями.

— Здесь что-то начерчено, но я ничего не понимаю...

— Я скоро сделаю прибор, который будет переводить эти знаки на буквы. — Качинский сделал безуспешную попытку протянуть из-под сетки руку. — Поднесите к моим глазам ленту, Зауер! Так... гм... он хочет напугать меня!.. Вот какую мысль он излучил:

"Вы проиграли сражение, так как потеряли свой единственный шанс: застать меня врасплох. Штирнер".

— Посмотрим, кто победит! — крикнул Качинский, в волнении поднял голову, которая тотчас же упала назад. — О, дьявол! Но вы не запугаете меня этим, Штирнер!

Подъехали к больнице. Качинского перенесли на руках. Стены комнаты завесили металлическими сетками.

Врачи ничего не могли понять в болезни Качинского, и ему пришлось с улыбкой объяснить им.

— К сожалению, медицина бессильна помочь вам, — сказал старший врач, разводя руками.

— Я знал это, — ответил Качинский. — Придется создавать новую медицину или прибегнуть к гомеопатии.

Врач недовольно тряхнул головой:

— Гомеопатия — шарлатанство.

— Не всегда, — улыбаясь, ответил Качинский. — Принцип гомеопатии — лечить подобное подобным. Вот в каком смысле я говорю о гомеопатии.

Зауер первый понял мысль Качинского:

— Вы хотите применить для лечения ваш мыслепередающий аппарат?

— Ну конечно. Я передам моей "машине-мозгу" мысль, что мои мозговые центры, ведающие чувством равновесия, должны восстановить свою деятельность, потом сам восприму это излучение, усилив его. Так как Штирнер действовал на расстоянии, а я буду подвергать себя контрвоздействию возле самого источника излучения, то думаю, что мне удастся вернуть потерянное чувство равновесия... Сделаем опыт!

Врачи с недоверчивым интересом следили за опытом. Но когда Качинский неожиданно поднялся с земли и начал размахивать руками, стоя на одной ноге, все зааплодировали.

— Это прямо чудо! — крикнул молодой врач.

— Если не была симуляцией сама "болезнь" Качинского, — тихо проворчал старый врач.

Так было положено начало новой медицине, получившей впоследствии широкое применение в самых различных областях — от лечения нервных болезней до совершения безболезненных операций без применения наркоза.

— Скажите, — спросил Зауер Качинского, когда они остались одни, — почему "удар", посланный Штирнером, поразил только вас? Ведь если Штирнер сумел точно определить направление, откуда послано вами мыслеизлучение, то его ответный луч мог встретить на пути других людей, не защищенных сетками. Почему же луч не задел их?

Качинский подумал:

— Я думаю, это уж не так трудно объяснить. Штирнер, получив мое мыслеизлучение, мог тотчас проанализировать его длину, частоту волн — словом, все те характерные особенности, которыми отличается моя передающая радиостанция, то есть мой мозг. Ведь каждый мозг излучает электроволны, несколько отличающиеся от излучения мозга других людей. Установив характерные особенности моего мыслеизлучения, Штирнер послал ответную "пулю", поразившую меня, на волне той же длины и частоты. И она воспринята была только мною. Это самое естественное объяснение. Но я думаю, что он мог послать излучение и "на предъявителя", если так можно выразиться.

— То есть?

— То есть он мог послать мысленное внушение: "У человека, излучившего мысль против меня, должны парализоваться двигательно-волевые центры". Я человек, пославший это излучение, значит, у меня...

— Но разве можно делать такие внушения? Были такие случаи в практике гипноза?

— Не помню, хотя ничего невозможного в этом нет. Во всяком случае, первое объяснение мне самому кажется проще и логичней. Ну, с этим кончено. Теперь за дело! — бодро сказал Качинский. — На этот раз мы попытаемся действовать иначе. Мы окружим Штирнера целым кольцом наших "пушек" и будем действовать на него сразу со всех сторон. Конечно, он может парировать наши удары, обходя круг своим направленным лучом. Но пока он будет делать этот круг, каждая наша "пушка" успеет излучить по снаряду мысли.

— А что, если нам направить наши излучения и на слуг в доме? Ведь если мы заставим их уйти из дома, Штирнеру некому будет приносить пищевые продукты, он будет обречен на голод и принужден будет сдаться, — сказал Готлиб.

— Прекрасно! Мы применим и этот способ, — согласился Качинский.

Срочно были изготовлены радиомашины, излучающие мысль. Когда все было готово, "главнокомандующий" выехал на позицию с тридцатью "орудиями", которые были расставлены вокруг города на расстоянии нескольких километров.

Качинский отправил Штирнеру ультиматум:

"Наши мыслеизлучения должны убедить вас в том, что настал конец вашему исключительному использованию новой силы — передаче мысли на расстояние. Наравне с вами этой силой владеют другие. Дальнейшая борьба при таких условиях бессмысленна. Она только усилит общественные бедствия и страдания масс. Если даже вы изолируете лично себя от влияния наших мыслеизлучений, мы парализуем вашу разрушительную деятельность; на всякое ваше мыслеизлучение массового характера мы ответим контризлучением, контрприказом. Мы можем гарантировать оставление вас живым при немедленном выполнении следующих условий:

1. Немедленно вернуть нормальное состояние и свободу воли всем подвергшимся действию ваших мыслеизлучений.

2. Совершенно прекратить в дальнейшем всякое мыслеизлучение с вашей стороны.

3. Сдать все машины и электроустановку, обслуживающие мыслеизлучения.

В случае вашего отказа или неполучения ответа я не остановлюсь перед крайними средствами.

Качинский".

В то же мгновение он отправил и мысленный приказ всем слугам Штирнера бежать из дома.

Но Штирнер был наготове.

Он прочитал автоматически записанную мыслерадиограмму и тотчас отправил ответ:

"Я сложу оружие тогда, когда сам найду это нужным".

Вдруг он заметил, что слуги бегут из дома. Он сразу понял причину этого бегства и послал сильнейшее излучение с приказом вернуться.

Слуги заметались, как в пламени пожара. Перекрещивающиеся излучения двух противоположных мыслей бросали их из стороны в сторону, и они метались по дому. Два "желания" раздирали их одновременно: бежать из дома во что бы то ни стало и ни в коем случае не покидать его. Люди то бросались к дверям, то бежали обратно. Некоторые из них цеплялись за мебель, косяки дверей, отопительные трубы, чтобы удержаться на месте. И вся эта необычайная суета происходила без единого звука.

Излучения Штирнера были ближе и, очевидно, сильнее.

Они удерживали слуг. Постепенно слуги вернулись на свои места.

А в это время Штирнер уже послал новое излучение мысли.

Он поднял поголовно все население, еще оставшееся в городе, и дал приказ идти и разрушить машины врагов.

И люди бросились из города, как при землетрясении, выполнять приказ Штирнера. Эта атака была неожиданной. И толпе удалось разбить несколько мыслепередатчиков. Но большинство бойцов Качинского вовремя поняли значение бегущей толпы и излучили волны паники. И люди заметались в бешеном хороводе, смешались в водовороте двух излучений, не будучи в силах ни вернуться, ни наступать...

Штирнер и не надеялся на полный успех этой атаки. Ему нужно было только отвлечь внимание для главного удара. Он направлял волны в разные стороны, по кругу, и враги, не защищенные сеткой или неосторожно открывавшие этот неудобный наряд, падали, пораженные параличом, безумием. Этих раненых отвозили в тыл или лечили довольно успешно по способу Качинского. Нападающие не унимались. Их было больше, они поспешно заменяли выбывших из строя, становились у своих мыслеотправительных машин и излучали мыслеволны день и ночь.

Штирнер засыпал на несколько часов в своем изолирующем костюме, но спать долго было опасно. Можно было ожидать физического нападения. Он одел в изолирующие костюмы всех слуг и вооружил их.

Штирнер устал, но не сдавался. Он спешно заканчивал новое усовершенствование своей передаточной машины, которая, по его мнению, должна была привести в негодность машины его врагов.

Война продолжалась несколько дней.

Однажды, передавая мыслеизлучения, парализовавшие воздействие Штирнера, Качинский стоял на автомобиле без изоляционного покрывала. Вдруг он соскочил с автомобиля и куда-то побежал. Зауер, закрывшись с головой изоляционной сеткой, спал на брезенте, а дежуривший Готлиб в первую минуту не придал значения бегству Качинского.

Была темная ночь. Прожекторы не зажигались, чтобы не обнаружить местонахождения мыслепередатчика. Прошло несколько минут, а Качинский не возвращался. Готлиба стало охватывать чувство беспокойства. Он разбудил Зауера и сообщил ему о бегстве Качинского.

— Что вы наделали! — закричал Зауер. — Неужели вы не поняли, что Качинский попал под направленный луч Штирнера? Он погиб. Сколько времени прошло с тех пор, как он убежал?

— Минут десять. Он спокойно сошел с автомобиля, — оправдывался Готлиб. — Я думал, может быть, он пошел по делу.

— Ну, можно ли так опростоволоситься, Готлиб? — Зауер сбросил покрывало — для скорости работы они накидывали на себя только металлические покрывала — и излучил мысль: "Качинский, вернитесь! Качинский, вернитесь!.." В тот же момент Зауер соскочил с автомобиля и побежал в темноту.

— Мы пропали!.. — услышал Готлиб удаляющийся голос Зауера.

Готлиб догадался отдать приказ шоферу переехать в другое место, чтобы выйти из зоны воздействия направленного излучения. Спешно он дал мыслеприказ всем передатчикам излучать мысль: "Качинский и Зауер, вернитесь!.."

Мысль была излучена одновременно двадцатью мыслепередатчиками. Минут через десять из темноты показалась темная, качающаяся вперед и назад согнутая фигура, как будто она шла против сильнейшего ветра. Это был Зауер. Его удалось спасти. Но Качинский, очевидно, слишком близко подошел к очагу лучеизлучения со все усиливающейся мощностью воздействия, и рассеянное излучение ищущих наугад мыслепередатчиков уже не смогло вернуть его.

— Скорей покрывало! — вскрикнул Зауер.

Готлиб накинул на Зауера металлическую сетку.

— Спасибо, Готлиб. На этот раз вы хорошо сделали. Вы спасли меня... Но если бы вы знали, что я пережил, когда меня дергало!.. Шаг вперед, два назад... Препоганое чувство! Качинский вернулся?

— Увы, нет.

— Бедный Качинский! Он погиб... Погиб не вовремя... Без него мы не справимся со Штирнером.

— Будем продолжать борьбу, Зауер. Мы умеем обращаться с машинами. Наконец, если нам не удастся захватить Штирнера в плен мыслительным приказом, попытаемся напасть на него со старым оружием в руках. Оденем в изоляционные одежды большой отряд, вооружимся до зубов и проникнем к нему в дом. Изоляция сохранит нас от излучения, а пули, к счастью, не поддаются внушению... И мы прикончим его!

## XIII

## "Чертовски интересная ночь"

Качинский, почти падая от усталости, подбежал к дому Эльзы Глюк.

Его, очевидно, ждали. Перед ним раскрылись двери. Прыгая через несколько ступеней, Качинский вбежал на второй этаж и, тяжело дыша, вытирая пот со лба, вошел в кабинет и в изнеможении опустился в кресло.

Дверь из комнаты Штирнера открылась. На пороге появился человек, весь покрытый металлической сеткой, с густой металлической вуалью на голове, совершенно скрывавшей черты лица. Это был Штирнер.

— Ваша фамилия? — спросил он.

— Качинский.

— Поляк?

— Русский.

Штирнер помолчал.

— Вы мой пленник, — начал он после паузы. — Вы знаете, что я могу остановить ваше дыхание и вы умрете мучительной смертью от удушья. Я могу сделать из вас покорного раба. Я все могу сделать с вами.

— Я знаю, — ответил Качинский. — И это доставит вам удовольствие?

Штирнер опять помолчал.

— Война не знает пощады, — продолжал Качинский. — Я обречен и знаю это, но вы тоже обречены. И уж если со мной покончено и я лично больше не опасен вам, то позвольте мне как ученому обратиться к вам с просьбой.

— Говорите.

— Я хочу осмотреть ваши изобретения. Мне интересно узнать, каким путем шли вы в ваших изысканиях, как сконструированы ваши аппараты.

Штирнер был удивлен. Он подумал немного, потом подошел к Качинскому и протянул ему руку.

Но Качинский не принял рукопожатия.

Штирнер отступил назад и спрятал руку под сетку.

— Вот как! У вас там, в России, все такие герои? — с насмешкой спросил он.

— Я не вижу геройства в том, что отказался пожать вашу

руку, — просто ответил Качинский. — Мы стоим на двух полюсах, и моя рука слишком далека от вашей, вот и все.

— Хорошо. Я удовлетворю вашу просьбу и, пожалуй, оставлю вам жизнь до утра, если вы согласитесь дать приказ своим соратникам прекратить излучения до девяти часов утра.

Качинский подумал. В конце концов, несколько часов "перемирия" не имеют значения. И потом, ему хотелось сообщить своим, что он жив.

— Я согласен.

Штирнер провел Качинского в свою комнату, где была установлена мыслеизлучающая станция.

— А это что такое? — спросил Качинский, обращая внимание на небольшой ящик из проволочной сетки, в котором мог поместиться человек в сидячем положении. — Вы также прошли через это?

— Да, — ответил Штирнер. — Это моя железная клетка, которой я пользовался в своих опытах, чтобы установить наличие электромагнитных волн, излучаемых мозгом.

— Удивительно! — сказал Качинский. — Мы шли одинаковым путем!

— Но разошлись в пути. Извольте излучить приказ вашему штабу.

Качинский сосредоточился перед аппаратом и передал приказ. Штирнер тотчас проверил верность передачи по автоматической записи.

Через четыре секунды та же лента дала ответ.

"Дайте доказательства, что это говорит Качинский", — излучил мысль Зауер.

Качинский передал содержание их последних разговоров, а также бесед в Москве. Видимо, Зауер удовлетворился.

"До девяти часов утра ни одного излучения и нападения не будет.

Зауер".

— Ну вот и прекрасно, — сказал Штирнер. — А теперь я запру вас в кабинете и покажу все свои чертежи. Вы проведете интересную ночь! — Штирнер закрыл дверь кабинета на замок и положил ключ себе в карман. — Садитесь вот здесь, у стола. Мне нужно кое-что передать из моей комнаты.

— Но я надеюсь, что вы не используете перемирия во вред нам?

— Не беспокойтесь. Эта мыслепередача будет частного, так сказать, семейного характера. — Штирнер усмехнулся и прошел в свою комнату.

Где-то внизу зашумел мотор. Через четверть часа Штирнер вышел из комнаты.

— Ну, вот и я! — И, вынув из шкафа пачку с чертежами, он бросил их на стол. — Наслаждайтесь! Здесь вы найдете все, вплоть до плана дома. Вы видите, я не скрываю ничего. Мощные динамо-машины я установил в подвале.

Штирнер замолчал, походил по кабинету, потом, круто обернувшись, спросил Качинского:

— Вы не удивлены моим поведением? Я не убил вас, предложил вам, моему врагу, ознакомиться с моими военными тайнами — вот с этими чертежами.

— Нет, не удивлен. Если вы не убили меня и предоставили возможность ознакомиться с этими планами, значит, на это у вас есть свои соображения. Поэтому я и не спешу выражать ни удивления, ни благодарности за ваш "великодушный" поступок.

— Вы правы. Я поступаю так не из великодушия... — Штирнер помолчал. Он будто колебался, раскрыть ли ему перед Качинским причину своего поведения. Потом он медленно, как бы через силу, сказал: — Я проиграл сражение.

— Разумеется, — быстро ответил Качинский, — вы проиграли. С тех пор как ваша тайна открыта — а известна она теперь не одному мне, — ваша монополия кончена. Ваша власть раскололась надвое, и дальнейшая борьба...

— Неправда! — крикнул Штирнер и топнул ногой. — Я еще не пустил в ход всех моих средств. Я ушел далеко по сравнению с вами на пути усовершенствования моих приборов. Я имею еще неведомое вам изобретение. Аккумуляция волн и мысли миллионов людей, чудовищные усилители... Если бы я пустил сейчас все это в ход, то я раздавил бы вас, заглушил бы комариное жужжание ваших мыслеизлучений, как сверхмощная радиостанция глушит слабое лепетание радиолилипутов. Я пятидесятитысячекиловаттная станция, а ваши ресурсы по сравнению с моей мощностью...

— И все-таки вы побеждены!

— Не там, где вы думаете. Не в технике...

— А в чем же?

— Я взял на себя ношу не по силам. То, что я затеял, было бессмыслицей. Чтобы властвовать над миром так, как хотел это сделать я, надо было стать излучающей волю машиной. Я же всего только человек. И я изнемог. Я истощил свою волю, истощив чисто физический запас своей нервной энергии. Вот вам одна из причин моего поражения. Теперь все равно. Кончено! Возьмите эти чертежи, используйте их как хотите, сделайте их общим достоянием.

Штирнер посмотрел на часы и вздрогнул.

§ Вот и все. Выполните строго наши условия. Это совершенно необходимо для меня. На всякий случай — уж не посетуйте — я запру вас и, кроме того, оставлю вот этих сторожей. — И Штирнер показал на трех огромных догов тигровой масти. — Они умеют исполнять приказания. Имейте в виду, что при первой вашей попытке проникнуть в мою комнату или попытке к бегству они разорвут вас на части. — И Штирнер вышел из кабинета, заперев дверь снаружи.

Качинский раскрыл большую папку. В ней хранились листки, испещренные математическими вычислениями и формулами, планы, чертежи, схемы. Весь этот условный язык, непонятный для непосвященных, был ясен и понятен Качинскому. Цифры и формулы превращались в мысли, мысли — в образы. Стройные колонны цифр и букв отражали работу железной логики ума, их создавшего. Качинский восхищался оригинальностью замысла, красотою мысли, смелостью построения, как шахматный игрок восхищается партией шахматного маэстро. Качинский скоро углубился в чертежи и забыл обо всем на свете.

Среди вороха бумаг Качинский нашел записную тетрадь. Это было нечто вроде дневника, который вел Штирнер. Беглые заметки, без дат. Обрывки мыслей, наброски схем, сделанные торопливой рукой. Выписки из книг. Домашние счета. Качинский просмотрел несколько страниц.

— Однако это интереснее, чем я думал, — прошептал он и стал поглощать страницу за страницей...

"Новый год. Что принесет он? Был у Гере! Профессор не в духе. Шимпанзе Фриц заболел и поранил Гере руку (укусил).

Читал "Гусеницы на дереве". Если начать раздражать одну гусеницу так, что она начнет сокращаться, то соседние гусеницы также начнут сокращать мышцы и корчиться. Чем объяснить?

Фрицу лучше. Рука Гере поджила. Старик, кажется, боялся заражения крови. Говорил ему о гусеницах. Только туману напустил в своих объяснениях и ничего не объяснил. Условный рефлекс. Так же, как плачут дети, видя другого плачущего ребенка. Но в том-то и дело, что гусеницы извиваются, если верить сообщению, не видя той, которую раздражают пальцами.

Прачка ограбила: три марки двадцать пять пфеннигов за стирку! Надо будет поискать прачку подешевле. Не хватило на книгу.

Аррениусу (книгу которого я не могу купить из-за прачки) удалось обнаружить в растворах, содержащих в своем составе соли, кислоты или основания и проводящих хорошо электрический ток, распадение нейтральных в электрическом отношении молекул растворенных солей на заряженные электрически части, которые получили название ионов (вот он, ион, — "странник", отщепившийся электрон)...

Хозяин требует за квартиру. Обещает выселить. Надо будет опять взяться за переводы.

Кормили пуделя под музыку. Я играл на флейте. Закреплял условный рефлекс. После работы профессор Гере совершал свою обычную прогулку и проводил меня. Дорогой он рассказал мне любопытную вещь. Он уверяет, что если взять пару насекомых, самца и самку, разлучить их — самку посадить в маленькую клеточку, а самца вынести за город на значительное расстояние и там выпустить, — то самец прилетит к самке. Как он найдет дорогу? Профессор Гере говорит, что у насекомых хорошо развита зрительная память и что в этом нет ничего удивительного. Многие насекомые (пчелы) обладают такой памятью. Но мне кажется это неправдоподобным. Как только появятся насекомые, проделаю такой опыт, причем я самца понесу за город в закрытой коробочке.

Гере вырезал собаке одно мозговое полушарие. Операция, кажется, не совсем удачно прошла. Бедная собака! Воет еще жалобнее, чем выла с обеими половинками мозга. Я впрыснул ей морфий — успокоилась. Я заметил, что успокаивающее действие морфия было периодическим: собака затихала постепенно, паузы между припадками становились все длиннее. Когда же морфий перестал действовать, такая же периодичность наблюдалась и в возобновлении болевых ощущений.

Мне посчастливилось: получил книгу для перевода. Химию. Трудную. Но зато мне выдали аванс, и я удовлетворил своих самых назойливых кредиторов: хозяина квартиры, в том числе и нашей конуры, и лавочника. В химии, оказывается, есть немало любопытного. Сегодня, переводя, узнал, что во многих химических процессах наблюдается периодичность. Например, если налить в склянку ртуть, а на ртуть налить перекись водорода известной концентрации, то между ртутью и перекисью водорода начнет происходить химический процесс, заключающийся в том, что перекись водорода разлагается на воду и кислород. И как показывает запись, периодически наблюдается замедление и ускорение выделения кислорода. Самое же любопытное то, что на эти периодические реакции яды и наркотики производят своеобразное действие, как и на человеческий организм! Не говорит ли это за то, что в организме человека и животного происходят, по существу, совершенно такие же химические реакции? Не удивительно ли — морфий производит на реакции в склянке лаборатории такое же успокаивающее действие, как и на собаку, которую мы оперировали?

Разные науки иногда неожиданно сближаются.

Мы производили с профессором Гере опыты, изучая процессы утомления. Утомление глаза. Пурпур, разложившийся на свету, восстанавливается в темноте.

Раздражение нерва можно доводить повторными возбуждениями до известного предела, затем наступает реакция, и нерв просто перестает реагировать на раздражения. Период чувствительности нерва зависит от полного разложения чувствительного вещества в нем. (Таким чувствительным веществом, например, в глазу оказывается пурпур.)

Что касается нервных центров, расположенных выше спинного мозга, то раздражение их электричеством вызывает периодические "реакции", не зависящие от периода действующего тока и характера раздражения. Двигательные возбуждения, передаваемые от центра мышцам, происходят от 16 до 30 раз в секунду. (Тоже периодичность, как и в химических процессах.)

Гере находит у меня замечательные способности к дрессировке собак. Пожалуй, если бы я начал выступать в цирке, то заработал бы больше, чем переводами. А до профессуры еще далеко! Да и что даст профессура? Надоела нужда.

12 мая — великий день! Я оставил у себя в маленькой клеточке у открытого окна бабочку-самку, а самца в закрытой коробочке отнес за город и там выпустил. Я очень боялся, что самец попортит крылышки и не в состоянии будет лететь. Они действительно немного пострадали, но бабочка-самец полетела по направлению к городу. Я вернулся, ее еще не было. Но примерно через час бабочка прилетела и начала кружиться перед своей плененной подругой. Я отпустил обеих на свободу. Я был поражен. Как унесенная мною за город бабочка нашла дорогу обратно? Она была наглухо закрыта и не видела дороги. Гере ошибается. Бабочка вернулась, руководствуясь каким-то неведомым нам чутьем. Что это за чутье? И еще мне вспомнились гусеницы. А они каким чутьем знают, что одна из них судорожно извивается в чьих-то пальцах? Я думал весь день...

И вдруг мне показалось, что я отгадал загадку, что я у

порога какого-то огромного открытия. Может быть, это и есть то, что зовут интуицией? Непосредственное, внезапное постижение. Впрочем, постиг я позже. Когда меня "осенила" мысль, это было еще не "озарение", а радость, безмерная радость от предчувствия, что сейчас я узнаю что-то важное. В интуиции нет, конечно, ничего таинственного, хотя не все понятно нам. Мне кажется, что интуиция есть тот момент, когда целый ряд впечатлений, мыслей, отрывочных знаний, накопленных, быть может, за большой срок, вдруг ассоциируется — вступает между собой в связь; эта связь устанавливается в мозгу. И все мысли приводятся в систему, объединяются и дают какой-то вывод, какую-то новую мысль. Так, по крайней мере, было у меня. Теперь я могу проследить, как дошел я до своего открытия. Думая о мотыльках и гусеницах, я, скорее в шутку, подумал о том, что, может быть, они сообщаются по радио. Конечно, у них должна быть своя собственная "природная" радиостанция. Их усики, быть может, их антенна. Аналогия мне понравилась, и я продолжал думать об этом. Почему бы нет? Две разлученные бабочки могут сообщаться сигналами. Но какая энергия может передавать их? Хотя бы и электричество! Вспомним аррениусовские химические растворы, производящие ионы, то есть электричество. В организме живых существ происходят сложные химические процессы, сопровождающие работу мышц и главным образом нервов и мозга. В этой работе наблюдается известная периодичность. Значит, нервные центры периодически освобождают или излучают ионы. Эти ионы летят, воспринимаются нервной системой другого существа, и... вот вам и радиосообщение!

Я еще не сделал всех выводов, но чувствовал, что мое открытие глубже, важнее, значительнее, чем простое объяснение того, как встретились две разлученные бабочки. Бабочки только дали новое направление моим мыслям. Быть может, бабочки нашли дорогу друг к другу и без участия радио. Может быть, у них развито обоняние или имеется неведомое нам чувство направления. Бабочки теперь могут улетать, разлучаться и встречаться, находя друг друга каким угодно способом. До бабочек мне нет дела. У меня есть более интересные объекты для изучения: животные, человек..."

"Удивительно, — подумал Качинский. — Я и Штирнер пришли к одному и тому же выводу, хотя шли различными путями. Вернее, у нас с ним были различные исходные точки. Но и он и я воспользовались новейшими изысканиями в области химии, физиологии, физики. Если бы мы ничего не знали о радио, об ионной теории, о рефлексологии, то ни он, ни я ничего не изобрели и не открыли бы. Теперь мне понятно, почему ученые, иногда живущие на противоположных концах земли, делают одно и то же открытие, можно сказать, день в день, час в час..."

"...Несколько дней я ходил как помешанный, — писал далее Штирнер в своем дневнике. — Я сделал научное открытие. Говорить или не говорить о нем профессору Гере? Я не утерпел и рассказал, быть может, не совсем связно и толково. Но он, по-видимому, усвоил самую главную мою мысль. Профессор насмешливо посмотрел на меня поверх своих маленьких очков, и его беззубый рот сжался в улыбке, отчего его усы и часть бороды под нижней губой приподнялись, как иглы ежа.

— Вы утверждаете, — сказал он, — что вы, хе... что работающий, то есть мыслящий, человеческий мозг излучает радиоволны и что поэтому можно передавать мысли на расстояние?

— Точнее говоря, передаются на расстояние не сами мысли, а те электроволны, которые излучаются мозгом. Каждая мысль, каждое настроение "выделяет" свою особую волну, определенной длины и частоты. Эти радиоволны воспринимаются другим мозгом и "проявляются" в сознании, как та же мысль или то же настроение, что и у отправителя.

Гере слушал внимательно, утвердительно качал головой и, когда я кончил, отчеканил:

— Чепуха! Не сердитесь, но это чепуха, мой молодой друг. Вы всегда были склонны к поспешным заключениям. И если вы дальше пойдете по этой дороге, то из вас никогда не выйдет серьезного ученого.

— Но почему же чепуха? — обиделся я.

— Потому, что это ненаучно. А ненаучно потому, что это не доказано на опыте. Ну, вот мы стоим с вами в двух шагах друг от друга. Попытайтесь передать какую-нибудь мысль мне!

Я немного смутился.

— Для этого надо, чтобы наши "станции" — мозг и нервы — были одинаково настроены.

— Ну что же, настройте!

— Настроить их нельзя. — Гере сделал торжествующий жест. — Позвольте, я еще не кончил. Настроить нельзя так, как настраивается радиоприемник. Но у близких людей одинаковая настройка бывает. Разве мало рассказывают случаев...

— О видении на расстоянии, телепатии, спиритизме,

столоверчении и прочей чепухе? Берегитесь, мой молодой друг. Вы вступили на очень скользкий путь.

— Но ведь между моей теорией и всей этой чепухой нет ничего общего!

Я был огорчен, но не обескуражен.

Опять безденежье... Неужели хозяин выселит меня?

А все-таки я прав. Я не успокоюсь, пока не докажу этому старому грибу, Гере, что я прав. Но как поставить опыт?

Завтра обещают уплатить за перевод.

Эврика! Гере удивляется моей способности дрессировать собак. Он не знает секрета моей дрессировки. Я не строю свою дрессировку на условных рефлексах. Я иду иным путем. Я внушаю собакам.

А секрет этого внушения в том, что я стараюсь очень четко, очень ясно для самого себя представить весь путь и каждое движение, которое должна делать собака, выполняя мой приказ. Вчера был курьезный случай. Гере так надоел мне своей воркотней и своими поучениями, что я подумал: хоть бы Вега (белый шпиц, который до безумия любит Гере) покусала его. Я по привычке ясно представил себе, что Вега бежит к Гере и хватает его за ногу. И что же? Вега действительно подбежала с громким лаем к Гере и разорвала ему брюки. Разве это не передача мысли на расстояние? Гере огорчен и испуган. Поведение Веги настолько резко выпадает из круга всех рефлексов, которые мы привили ей, что Гере серьезно предполагает у Веги начинающееся бешенство. Он посадил бедняжку в изоляционную камеру и наблюдает за ней. Ставит ей воду и очень удивляется, что Вега пьет, как всегда. Мне смешно, а Вега скучает в своем карцере. Но не могу же я объяснить причину ее поступка. Курьезно! Я искал способ доказать Гере возможность передачи мысли на расстояние, а теперь приходится ждать другого случая. Впрочем, этот случай можно создать. Поставлю опыт внушения в присутствии Гере. Пусть Гере сам даст задание, например, чтобы собака пролаяла определенное число раз.

Занял двадцать марок. Уплатил за комнату.

Вега еще сидит. Я пробовал внушить ей через стенку, чтобы она пролаяла три раза. Обычно она верно выполняла мои мысленные приказы. Но теперь мое внушение не действует. Что бы это значило?

Нашел причину. Стенка "карцера" обита железным листом, а лист прикасается к канализационной трубе, уходящей в землю. Великолепно! Сама судьба помогает мне и "ставит опыт": мое мыслеизлучение попадает на железную стенку и уходит в землю через канализационное заземление, не достигая собаки. Если сделать железную клетку, которую можно будет по желанию заземлять или же изолировать от земли, засесть в эту клетку и оттуда делать внушения собаке, то..."

— Удивительно! — прошептал Качинский. — Вот как возникла у него мысль сделать железную клетку!

В дневнике Штирнера был, очевидно, значительный пропуск, так как следующие записи уже относились ко времени службы автора у Карла Готлиба.

"Мой почтенный патрон, Карл Готлиб, — писал далее Штирнер, — очень любит собак. Как это ни странно, собаки "сосватали" нас и сделали мою карьеру у Готлиба. Я познакомился с ним у Гере. Оказывается, они школьные товарищи и однолетки, чего никак нельзя предположить, глядя на них вместе: Гере — старый гриб, а Готлиб цветет, как херувим. Готлиб очень заинтересовался моими дрессированными собаками и просил заходить к нему. У Гере Готлиб бывает не более раза в год. Поэтому я и не встречался ранее с банкиром. И вот я личный секретарь Карла Готлиба! Он доволен мною, я — им.

Со стариком Гере давно покончено. Я так и не доказал ему на опыте возможности передачи мысли на расстояние. И к лучшему. Я решил работать самостоятельно. Эти старики с именем имеют обыкновение присваивать себе труды молодежи. "В лаборатории Гере были произведены опыты... Под руководством Гере..." — и кончено. Вся слава Гере. Впрочем, меня интересует сейчас не слава, а кое-что поважнее. Для себя я проделал опыт внушения через железную клетку и бесспорно убедился в том, что мысль сопровождается излучением электроволн. Теперь нужно приняться за изучение природы этих электроволн.

Занят по горло. Вечерами конструирую аппарат для улавливания радиоволн, излучаемых человеческим мозгом. Это должен быть приемник необычайной чувствительности для приема радиоволн очень короткой длины. Приемник будет с диапазоном настройки на длину волны от сорока сантиметров до метра.

Вот схема.

Эльза Глюк! Необычайно интересная девушка. Между нею и нашим юрисконсультом — никак не запомню его фамилию — что-то не то горькое, не то кислое. А, вот! Зауер! Между Глюк и Зауером существуют какие-то отношения, вполне корректные, но... Жених, может быть? Что нашла она в этом круглолицем?

Неудачи! Приемник не воспринимает радиоволн моей мысли. Переделываю. Теперь работаю по ночам. А вечерами изучаю в университете анатомию и физиологию, но изучаю с точки зрения радиотехники. Необычайно! Человеческое тело как приемная и отправительная радиостанция! Очень интересно.

Но для того чтобы изучить эту радиостанцию, мне пришлось взяться за изучение радиотехники. Черт возьми, может быть, завтра окажется крайне необходимым взяться за изучение астрономии! Хорошо еще, что теперь квартирный хозяин не надоедает мне своими напоминаниями о должках. Живу у Готлиба и получаю хорошее жалованье. После своего полуголодного существования чувствую себя Крезом. Имею возможность приобретать необходимые материалы для моих машин.

Эльза Глюк. Глюк — счастье. Кому достанется Глюк? Неужели круглому?

Опять незадача. Слышу какой-то свист, завывания. Неужели это "музыка мысли"? Надо лучше отызолировать комнату от внешнего мира, чтобы не было никаких посторонних влияний.

Наконец-то!..

Глюк не обращает на меня внимания. Фит — живая кукла, хорошенькая, но пустая. Она, кажется, влюблена в Зауера. Но его сердце занято Эльзой. В этом уже нет сомнения. А Эмма? Трагедия!

Идет, идет дело на лад! Ничего нет удивительного. Выражаем же мы свои мысли знаками-буквами в письме, газете. Для меня теперь мысли и чувства имеют иной язык и иную номенклатуру. Длина волны — эн. Частота икс — страх. Чувство страха имеет такую радиоволну. Радость — иную. Я, кажется, скоро буду искусственно изготовлять чувства и рассылать их по радио. Не хотите ли повеселиться или поплакать? Любопытно, что чувства животных имеют электроволны, очень близко напоминающие соответствующие электроволны (страха, радости и пр.) людей.

Нет, это было бы слишком необычайно!!!

Черт возьми! Это же гениально! Я сам себя возвожу в гении. Я сделал маленькую передающую радиостанцию и начал излучать волну, которая соответствует чувству горя у собаки. Теперь мой аппарат очень точно регистрирует электроволны, излучаемые мозгом человека и животных, и у меня составился целый "словарь" волн — чувств — мыслей. Так вот, я завел мой "граммофон" — маленькую передающую станцию — на печальный лад. Она излучала радиоволны собачьей печали. Рядом со станцией я посадил моего Фалька на изоляционном стуле, чтобы радиоволны лучше воспринимались им. И что же? Мой Фальк вдруг загрустил и завыл! Радиоволны собачьей грусти были восприняты им! От радости я схватил моего пса в объятия и закружился с ним по комнате.

Когда я наконец пришел в себя, то решил повторить опыт и посадил пса за перегородкой. Но Фальк уже не выл. Очевидно, радиоволны воспринимаются им только на близком расстоянии. А что, если усилить мощность моей передающей радиостанции?

Я решительно не понимаю Эльзы Глюк. Но почему она так интересует меня? Быть может, я влюблен в нее? Глупости! Мне не до этого.

Необычайный курьез! Я настроил себя на грустный лад. Мой аппарат записывал излучаемую моей грустью волну. Волна имеет довольно сложное колебание. Затем я ту же волну излучил из моего передающего аппарата, значительно усиливающего передачу. Я настроился на самый веселый лад и начал ждать результатов. Поразительно! Я загрустил и, право же, готов был завыть, как Фальк. Я сам себе передал волны грусти. И ведь удивительнее всего то, что я прекрасно сознавал, что никаких причин грустить у меня нет, что эта грусть "искусственного происхождения". Можно ли это назвать самогипнозом? Мне кажется, в данном случае имеется нечто иное, чем внушение или самовнушение. Общее с гипнозом только то, что в данном случае, как и в гипнозе, имеется налицо, так сказать, влияние той или иной мысли или настроения. Но здесь это вызывается механически: в нервных волокнах искусственно вызываются те же электрохимические процессы, которые всегда сопровождают данное настроение или мысль, и в результате сознание регистрирует возникновение этого настроения или мысли. Удивительная механика!

Однако как же я буду проделывать дальнейшие опыты? Как мне влиять на других, не подпадая самому под влияние излучения? Для этого два пути: во-первых, направленное излучение и, во-вторых, изоляция (металлическая сетка на голове).

Сетка помогает. Начну работать направленными волнами. Какие антенны для этого удобнее? Пожалуй, вот такого вида. Необходимо построить антенну по типу "фокусных зеркал", собирающих лучи в определенном фокусе. Таким путем я могу значительно усилить действие излучения.

Я не даю воли своим мыслям, но иногда у меня голова кружится: какие перспективы открываются передо мною! Эльза!..

Вчерашний опыт. Я излучил мысленный приказ Фальку принести мне книгу из другой комнаты. Приказ этот восприняла передающая станция и излучила. Фальк выполнил приказ. Я отнес книжку на место и повторил механически излучение, то есть сам я мысленно уже не давал никакого приказа, но излучил при помощи передатчика ту же волну, что и при мысленном приказе. Фальк вновь принес книгу. Эти радиоволны записываются аппаратом, как голос на пластинке граммофона. И теперь мне можно будет отдавать повторные приказания одним поворотом рычага.

Сегодня я сделал любопытный опыт. Я попытался мысленно передать свой приказ человеку. У Карла Готлиба живет старый слуга, Ганс. Я мысленно приказал ему прийти в мою комнату. Я сосредоточивал всю силу своей мысли и как бы представлял себя на месте Ганса, мысленно проделывал весь путь от его комнатки до моей — словом, я поступал так, как будто внушал Фальку. Но старик Ганс не шел. Это меня не удивило. Между мною и Фальком давно установился полный "рапорт" — связь, как говорят гипнотизеры. Притом Фальку я делал мысленные приказания на близком расстоянии. Излучаемые моим мозгом радиоволны слишком ничтожной мощности, чтобы они могли дойти и возбудить аналогичные электроколебания (то есть мысли или образы) в мозгу другого человека. С Гансом мы слишком различные люди. Немудрено, что его мозг — его приемная станция — не мог воспринять сигналы, посылаемые моим мозгом. Тогда я тот же мысленный приказ отправил, усилив мощность передачи, через мою передающую радиостанцию. Признаюсь, я с большим волнением ожидал, что будет дальше. И, к своему неизъяснимому удовольствию, я услышал шаркающие шаги Иоганна: у него больные ноги, и он всегда ходит в мягких туфлях. Он открыл мою дверь, не постучав, чего с ним никогда не было, и вдруг с недоумением и смущением остановился. Что делать дальше, я не приказывал ему, и теперь он не знал, чем объяснить свое появление.

— Простите, но... мне послышалось, что вы звали меня... — сказал он, переминаясь с ноги на ногу.

— Да, да, — поспешил я успокоить старика. — Я хотел узнать, вернулся ли из клуба господин Готлиб.

— Они еще не возвращались, — ответил повеселевший Иоганн. Теперь он не сомневался в том, что явился на мой зов. Неприятное ощущение от необъяснимости своих поступков у него прошло.

— Благодарю вас, можете идти, Иоганн.

Старик поклонился и вышел. А я?.. Я готов был догнать его и от радости схватить и кружиться с ним по комнате, как я делал это с Фальком, завывшим от грусти.

Опыт удался! А что означает он? То, что я могу повелевать и другими людьми. Я могу заставлять их делать все, что мне хочется. Я могу! Я все могу! Разве это не всемогущество?

Захочу — и люди принесут мне свое богатство и сложат у моих ног. Захочу — они выберут меня королем, императором. К черту корону! Захочу — и меня полюбит самая красивая женщина... Эльза! Нет, нет... Этого я не сделаю. Штирнер, ты теряешь голову! Возьми себя в руки, Штирнер, иначе ты наделаешь глупостей! Штирнер! Давно ли нищий студент, потом аспирант профессора Гере... Средний, рядовой человек с довольно некрасивым, длинным лицом... И ты мечтаешь о власти, славе, любви только потому, что тебе посчастливилось случайно напасть на интересное научное открытие?!

Вчера мы были на прогулке: я, Эльза Глюк, Эмма Фит и Зауер. Я, кажется, наговорил много лишнего. Полушутя-полусерьезно я делал Эльзе предложение. Этого и следовало ожидать... Но пусть она не шутит со мной! Впрочем, она и не шутит. Зачем только Зауер смотрит победителем? У меня чешутся руки испытать на нем силу моих мыслепередатчиков".

"Как давно я не писал! Жена опять хандрит. Надо еще и еще усилить мощность моих передатчиков.

Я затеял крупную игру. Или сверну себе шею, или...

Зачем я не послушался голоса благоразумия? Теперь уже поздно останавливаться, но игра завела меня слишком далеко. Я устал, измотался от вечного напряжения.

Черт бы меня побрал! Лучше бы мне не бросать профессора Гере!

Война!..

Довольно! Устал смертельно. Пора кончать игру..."

# XIV

# Игра окончена

Эльза Глюк сидела в зимнем саду, вся окутанная тонкой металлической вуалью.

Приближалась гроза, и дальние раскаты грома глухо отдавались в соседнем зале. Было душно. Эльза, как всегда, думала о Людвиге и вся встрепенулась, услышав его шаги. Она очень удивилась, когда Штирнер, войдя в зимний сад, вдруг сбросил с себя металлическое покрывало и, подойдя к ней, сбросил такое же покрывало и с нее.

— Сегодня можем отдохнуть, Эльза, от этого неприятного убора. Уф! — И он с облегчением вздохнул.

Эльза давно не видела лица Штирнера и удивилась, как оно изменилось. Нос обострился еще больше, как у тяжелобольного, и еще глубже запали глаза. А волосы на голове и борода сильно отросли.

— Ты так изменился, Людвиг! Тебя трудно узнать!

Штирнер усмехнулся:

— Тем лучше. Не правда ли, я похож теперь на старца пустынника? Пойдем, Эльза... Ты сыграешь мне... Я давно не слышал музыки... В последний раз...

Они вошли в зал. Эльза уселась за роялем и стала играть ноктюрн Шопена.

— Подожди, Эльза... Перестань... не то... Можно ли играть эту грустную ласкающую мелодию, когда приближается гроза?.. Ты слышишь раскаты грома? Гроза!.. Она возрождает, освежает одних и несет гибель другим... Сегодняшней ночью Штирнер умрет...

Эльза в волнении поднялась:

— Людвиг, что с тобой? Ты пугаешь меня!

— Ничего... Не слушай меня... Ты еще наслушаешься в эту ночь... Нам о многом надо переговорить с тобой... Играй скорей... Играй Бетховена — похоронный марш "На смерть героя". Герой! Ха-ха-ха!

Эльза заиграла.

Штирнер ходил большими шагами по залу, ломая руки.

— Похоронный марш на смерть развенчанного героя... Говорят, Бетховен писал его на смерть Наполеона, но потом разочаровался в нем и назвал марш просто: "На смерть героя". О чем я хотел говорить? — Штирнер посмотрел на часы и сказал: — Довольно, Эльза. Минуты сочтены. Теперь поцелуй меня, поцелуй крепко, как ты не целовала еще никогда.

...Штирнер оторвался от губ Эльзы.

— Сладкий самообман!..

Часы пробили двенадцать ночи.

— Конец! — тихо прошептал Штирнер. И в то же мгновение Эльза почувствовала, что с нею творится что-то необычайное. Как будто сползла с нее какая-то пелена, подобная металлической сетке, которую носила она последнее время. Мысли необычайно прояснились. Она вдруг стала снова прежней Эльзой, какой была до смерти Карла Готлиба. Какие-то чары рушились. С удивлением смотрела она на большой неуютный зал, утопавший в полумраке. Молния осветила лицо Штирнера, и она вздрогнула, увидев перед собой незнакомое бородатое лицо.

— Что это? Где я? — спросила она с недоумением. — Кто вы?

Штирнер с болезненным любопытством следил за этой переменой.

— Это зал Карла Готлиба, покойного банкира. Стенографистка Эльза Глюк никогда не была здесь... А перед вами Людвиг Штирнер. Вы не узнали меня? Эльза!.. Я виноват перед вами и не прошу прощения. Единственно, что оправдывает меня, это то, что я действительно любил и... люблю вас... люблю глубоко и искренне...

Эльза опустилась на круглый стул у рояля и, откинувшись назад, почти с ужасом смотрела на Штирнера.

— Не смотрите так на меня, Эльза! — Штирнер потер ладонью лоб, как бы собираясь с мыслями. — Да, я люблю вас. И разве любовь меня первого толкнула на преступление? Я долго боролся с собой. Вы помните наш далекий разговор на прогулке, в лодке? Я тогда говорил о могучей силе, которой владел я. Это были не пустые слова. Я действительно обладал этой силой. Я прежде других открыл способ передачи мыслей на расстояние. В моих руках оказалась сила, которой не владея еще ни один человек в мире. И у меня... закружилась голова. Самые грандиозные планы носились в моей голове. Пользуясь этой силой, я внушил вам любовь ко мне.

Эльза с ужасом отшатнулась от него.

— Я внушил Зауеру любовь к Эмме. Я двигал людьми, как марионетками, я дергал их за ниточку, и они плясали по моему желанию. Я хотел богатства, и оно пришло ко мне. Но пока я не убедился вполне в моем всемогуществе, я был осторожен. Я шел окольными путями. Кривая! Она вернее ведет к дали. И об этом я говорил тогда, в лодке. Чтобы не возбудить подозрения против себя, я сделал так, что наследство Готлиба получил не я, а получили его вы, а я... получил вас с хорошим приданым! Ха-ха-ха!..

Расширенными глазами Эльза смотрела на Штирнера.

— Я наделал много зла людям. Но не думайте, что зло само по себе доставляло мне удовольствие. Я хотел стать великим. Мне казалось, что власть моя беспредельна. Довольно было мне захотеть славы — и люди стали бы рукоплескать мне, воспевать мои самые бездарные произведения. Но ведь это было бы в конце концов самовосхвалением, тем же самым самообманом, как и внушенная вам любовь ко мне.

И вдруг, опустив голову, с тою же горечью в голосе он продолжал:

— Я похож на Тора. Эльза, вы помните скандинавскую сагу о боге Торе? Он считал себя всемогущим, как я. Как-то забрел он в страну, где жило племя великанов. Они стали смеяться над его небольшим ростом. Тор рассердился и предложил им испытать его силу. Великаны сказали: "Выпей воду из этого рога". Он пил без конца и не мог выпить. Великаны предложили ему бороться со старухой, но он не мог победить ее, хотя от напряжения по колена ушел в землю. Рог был соединен с морем, даже бог Тор не в силах выпить море. А старуха была сама смерть. И я, как Тор, хотел выпить море, я один хотел повернуть историю человечества, навязать свою волю миллионам "капель" человеческого океана. При помощи своих машин я хотел создать нечто вроде "фабрики счастья", но я создавал только грубые суррогаты.

Штирнер нервно посмотрел на часы.

— Я, кажется, говорю не то... Так много надо сказать... Эльза, если бы вы знали, как я страдал, загнанный, как зверь, в темный угол, окруженный бесчисленными врагами, всегда настороже, в постоянном, неослабевающем нервном напряжении.

Если бы хоть один друг — искренний, преданный друг — был около меня... Если бы вы любили меня не искусственной, мною созданной любовью! Быть может, я бы еще боролся. Но я был одинок. Я устал... Я бесконечно устал!..

Штирнер умолк, опустив голову.

Эльза смотрела на Штирнера и думала, что в этом бледном, измученном лице нет ничего таинственного, страшного. Это лицо неврастеника, переутомленного человека. Что же представляет собой Штирнер? Быть может, талантливого изобретателя и экспериментатора, но заурядного человека, который случайно открыл способ подчинять себе волю других людей и почти обезумел от своего "могущества". Он наделал тысячи глупостей и, не победив "мира", сам был раздавлен непосильной тяжестью, которую он взвалил на себя. Это Эльза поняла скорее чувством, чем умом. Она видела перед собою не героя трагедии, не сверхчеловека, а просто страдающего человека, который жестоко расплачивается за свои ошибки. Такой Штирнер был понятнее ей и возбудил в ней жалость.

— Вы должны были очень страдать! — тихо сказала она.

— Благодарю вас! Эти слова участия для меня дороже, чем искусственно внушенные поцелуи!.. Да, я смертельно устал. И я... — Штирнер сделал паузу и глухо проговорил: — Я решил отказаться от борьбы. Я решил покончить со всем, покончить и с самим Штирнером.

Он снова вынул часы и посмотрел на них:

— Штирнеру осталось жить всего несколько минут.

Эльза в ужасе смотрела на него:

— Вы приняли яд?

— Да, принял, но яд не совсем обычный. Сейчас вы узнаете об этом... Но прежде чем покончить со Штирнером, я решил хоть немного искупить вину перед вами. Я вернул вам ваше прежнее сознание. Я внушил вам в одиннадцать часов ночи, что ровно в двенадцать вы станете прежней Эльзой. Вся искусственная жизнь спадет с вас, как шелуха. Будьте свободны, будьте сами собой. Устраивайте жизнь, как хотите, любите, кого хотите; будьте счастливы.

Эльза глубоко вздохнула.

— А Штирнер? Что делать со Штирнером, которому честные люди отказываются пожать руку? — продолжал он. — Штирнер должен умереть. Я отдал приказ моей мыслепередающей машине. Я поставил ее на полную мощность. Ровно в час ночи, — Штирнер опять посмотрел на часы, — всего через шесть минут, она излучит этот приказ, посланный от Штирнера — Штирнеру. И Штирнер забудет о том, что он Штирнер. Он потеряет свою личность. Он забудет обо всем, что было в его жизни. Это будет новый человек, наделенный новым сознанием. Это будет Штерн. Штерн уйдет отсюда туда, куда ему приказал идти Штирнер. И Штерн даже не будет подозревать, что в железной клетке его подсознательной жизни будет влачить существование скованный Штирнер!.. Это смерть... Смерть сознания!

— Но вас могут поймать? — с невольной тревогой спросила Эльза.

— Кто узнает в этом анахорете Штирнера? В таком виде, с

бородой, меня никто не видал. Я все обдумал заранее. Сегодня ночью излучений врагов не будет. А если бы они и были, они неопасны для какого-то Штерна. Излучения направлены и должны поражать сознание Штирнера. Его больше не будет!..

Эльза расширенными глазами смотрела на Штирнера. Перед ней должна была произойти тайна какого-то перевоплощения.

— Еще одно, Эльза. Когда я уйду, здесь все пойдет вверх дном. От вас, наверно, отберут все ваше имущество. Я позаботился, чтобы вы не нуждались. Вот здесь, — Штирнер протянул Эльзе пакет, — вы найдете деньги на дорогу и адрес одного человека, на имя которого я перевел крупную сумму денег. На ваше имя держать их опасно. Он получил крепкое внушение, и деньги будут в целости. Поезжайте туда. Это очень далеко. Но тем лучше. Вам надо отдохнуть от всего пережитого. Пора! Прощайте, Эльза!..

— Подождите, один вопрос... скажите, Штирнер, вы... виноваты в убийстве Карла Готлиба?

Часы пробили час. Вдруг по лицу Штирнера прошла судорога. Глаза его закатились, стали мутными. Он ухватился за край рояля, тяжело дыша.

Эльза с замиранием сердца следила за этой переменой.

Штирнер вздохнул и постепенно стал приходить в себя.

— Ответьте же, Штирнер, на мой вопрос!

Штирнер посмотрел на нее с полным недоумением и сказал каким-то новым, изменившимся, спокойным голосом:

— Простите, сударыня, но я не имею чести вас знать и не знаю, о каком вопросе вы говорите. — Потом Штирнер поклонился и размеренным, незнакомым шагом вышел из зала.

Эльза была потрясена. Штирнера больше не было.

# XV

# У разбитого аквариума

Эльза совсем не спала в эту ночь. Уже рассветало, а она все сидела на том же месте, у рояля. События этой ночи потрясли ее. Она разбиралась в том сложном, запутанном клубке, в том хаосе, который внес в ее сознание Штирнер. Она вспомнила все, что пережила со времени смерти Карла Готлиба: свое неудачное бегство от Штирнера, неожиданную любовь к нему, поездку в Ментону. Но вспомнила как о чем-то чужом, как будто все это прочла она в романе. Так же ясно вспомнила она и то время, когда она была невестой Зауера. Но что-то и в этой картине прошлого изменилось. Думая о Зауере, она чувствовала, что еще любит его. Но любит как-то иначе: образ Зауера потускнел. Что с ним стало? Изменился ли он? Что он вообще за человек?.. К своему удивлению, Эльза поймала себя на мысли, что, в сущности, она не знала Зауера. Как сложатся теперь их отношения? Ее размышления были прерваны неожиданным появлением Эммы. Эмма была в дорожном костюме, усталая, побледневшая.

— Эльза! — крикнула она и бросилась со слезами к подруге.

— Здравствуй, Эмма! Отчего же ты плачешь? Почему не предупредила о приезде? Где твой мальчик? — забросала Эльза вопросами плачущую Эмму.

— Малютка там, внизу, с няней. Отто бросил меня и не оставил даже денег. Я продала платья и кое-какие безделушки и собрала на дорогу.

— Оставил без денег, с ребенком?

— Он совсем сошел с ума. Я чувствовала себя такой несчастной и одинокой. У меня никого нет, кроме тебя... — И вдруг с новым припадком истерического плача Эмма прерывающимся голосом заговорила: — Не отнимай у меня Отто! Он любит тебя. Он хранит твою карточку и смотрит на нее. Я совсем не следила за ним, я вошла случайно, но он грубо прогнал меня... Он любит тебя!.. Не отнимай его. У тебя все есть, ты такая счастливая. У тебя есть богатство, ты любишь Людвига, зачем тебе еще Отто?..

Эльза улыбнулась краем губ, но глаза ее оставались печальными.

"Бедная Эмма, — думала Эльза, глядя на изменившееся, похудевшее лицо подруги. — Куда девался ее румянец во всю щеку, серебристый смех? Бедная куколка, что сделал с нею Отто? Неужели он такой бессердечный?"

— Я не счастливей тебя, — серьезно сказала Эльза, гладя рукой растрепавшиеся волосы Эммы, — у меня нет богатства, я больше не люблю Штирнера, и Штирнера больше нет...

Эмма от удивления на минуту забыла о своем горе.

— Он умер? Почему же ты не писала мне об этом? И разве мертвых не любят? Сколько новостей!..

Эльза опять улыбнулась.

Лицо Эммы снова сделалось печальным.

— Это значит, — всхлипывая, начала она, — это значит, что ты призналась ему в любви к Отто и Штирнер в отчаянии убил себя. Значит, ты отнимешь у меня Отто?

— Успокойся, глупенькая девочка, — ласково сказала Эльза, — я не отниму у тебя твоего Отто. Ведь он твой муж и отец твоего ребенка.

— Это ничего не значит! — ответила Эмма. — Он говорил, он говорил не раз, что вся его любовь ко мне была одним чертовским наваждением, что, если бы не это наваждение, он никогда не полюбил бы такую дуру. И такой брак, говорит он, можно расторгнуть. А если Отто говорит, это верно. Ведь я действительно глупенькая. Но только... ведь и глупенькие хотят счастья! — И она опять заплакала. — Ведь любил же он меня такую, какая я есть! А потом... потом он стал будто мстить мне за то, что любил меня.

И Эмма, прерывая разговор плачем, подробно рассказала Эльзе историю своей любви. Она слишком долго страдала в одиночестве и теперь говорила обо всем, что наболело, о грубости, придирчивости Отто, о его насмешках, издевательствах, оскорблениях.

Эльза слушала, и ее сердце невольно холодело. Отто вставал перед нею в новом свете. Это уже не было "наваждением". Он так поступал уже после того, как освободился от власти Штирнера.

Он мог разлюбить Эмму. Но неужели у него не хватало такта, корректности, наконец, простой порядочности, чтобы удержаться от такого обращения с женой? И, вспоминая уже о своей любви к Зауеру, Эльза подумала: "Неужели прав Штирнер в том, что мы лишь слепые игрушки инстинкта, который может заставить полюбить человека с ослиной головой? Ужасно!.."

Эльза слушала подругу, думая о своем, и прислушивалась ко все увеличивающемуся шуму во втором этаже.

"Что бы там могло быть?"

А там происходил последний акт борьбы.

Вооруженный отряд в защитных металлических костюмах во главе с Зауером и Готлибом ворвался в дом Эльзы.

Зауер ударял рукояткой "парабеллума" в дверь кабинета и кричал:

— Откройте, Штирнер, или мы взломаем дверь!

Неожиданно нападающие услышали доносившийся из кабинета голос Качинского и лай собак.

— Штирнера нет, а я открыть дверь не могу. Штирнер, уходя, запер ее снаружи и приставил собак.

— Это вы, Качинский? Вы еще живы? — Обратившись к солдатам, Зауер приказал: — Ломайте двери!

Несколько дюжих плеч навалилось на дверь, и она затрещала. За дверью послышался неистовый лай догов. Доги просунули в образовавшиеся проломы оскаленные, покрытые пеной морды.

Несколько выстрелов уложили собак на месте.

— Зачем же убивать животных? — послышался спокойный голос Качинского.

— А вы предпочли бы, чтобы собаки разорвали нас? — проворчал Зауер, пролезая в образовавшуюся брешь. Он был удивлен, увидев, что Качинский спокойно сидит за столом; подперев голову руками, изобретатель сосредоточенно рассматривал чертежи.

— Где Штирнер? — спросил Зауер.

— Не знаю, — ответил Качинский, не поднимая головы, — он обещал меня утром ослепить, удушить или что-то в этом роде, но, вероятно, забыл или занят чем-нибудь... — Хлопнув рукой по чертежам, Качинский воскликнул: — Вот великолепная штука! Штирнер не обманул. Я провел чертовски интересную ночь! Этот Штирнер прямо гениален. Схемы антенны усилительного устройства с трансформаторами и катодными лампами и схема индукционной связи с колебательным контуром антенны...

Зауер и Готлиб переглянулись: неужели Штирнер отнял у Качинского разум?

— Нужно обыскать все здание сверху донизу и поставить караулы у мыслепередающих станций, — сказал Зауер.

Осмотр начали с комнаты Штирнера, где помещалась одна из мыслеизлучающих станций. Вторая такая же станция находилась в другом конце дома, рядом со "зверинцем". Станция не работала.

— Ну, что ж, господа, я думаю, теперь безопасно. Можно снять наши защитные маски, — сказал Готлиб и первый снял со своей головы сетку. Его примеру последовали другие. Среди пришедших было несколько старых знакомых Готлиба: прокурор, начальник полиции и "железный генерал", который принимал участие в военной экспедиции против Штирнера "в целях изучения новых методов ведения войны".

Он разводил руками, как бы оправдываясь в своих прежних неудачах военной экспедиции против Штирнера, и говорил:

— Кто же его знал, что на Штирнера надо идти с дамскими вуалями на голове? — И, нахмурив свои большие седые брови, он печально сказал, указывая на Качинского: — Теперь вот они, будущие полководцы, вы, господа инженеры. Наша песенка спета! Что мы сделаем штыком, если эта штука может повернуть штык в любую сторону? — И он с недоброжелательством указал на машину, видневшуюся через дверь комнаты Штирнера.

— Однако надо оповестить всех, что орудия мысленного воздействия нами захвачены. — И Зауер прошел в комнату Штирнера. — Фу, черт! — проворчал он, глядя с недоумением на незнакомую конструкцию машины. — Качинский, — позвал он на помощь изобретателя, — вы понимаете в этом что-нибудь?

Качинский подошел к машине и стал уверенно поворачивать рычаги. Машина заработала.

— Нужно послать излучение, которое освободило бы всех пораженных Штирнером, — сказал Качинский.

— Правильно! — ответило несколько голосов. И Качинский принялся "лечить на расстоянии", как выразился кто-то из стоящих в комнате.

— Ну что? — спросил Зауер одного из солдат, обыскивавших подвальное помещение.

— Штирнер не найден! — ответил он.

— Ищите в первом этаже! Обыщите каждую щель!

— Виноват, господин прокурор, — обратился Качинский к прокурору, — могу ли я взять эти чертежи? Штирнер передал их мне...

— Сейчас я ничего не могу разрешить трогать и брать отсюда. Все это является следственным материалом. Потом, может быть...

— Очень жаль! — ответил Качинский.

"Хорошо, однако, что я успел ознакомиться со всем этим и записать важнейшие формулы. Обойдемся и без чертежей! — подумал Качинский. — А они, пожалуй, и в формулах не все поймут".

— Я также хочу обратиться к вам с просьбой, господин прокурор, — сказал Готлиб. — Необходимо вызвать дополнительный отряд для охраны подвала, в котором хранятся огромные ценности. Я полагаю, что настаивать на этом я имею право, поскольку я являюсь законным наследником. Думаю, что теперь вопрос о нашем праве на наследство ни в ком не вызовет сомнения.

— Ваши права — вопрос будущего, — ответил прокурор. — Но против усиленной охраны я ничего не имею.

Зауер все больше хмурился, слушая этот разговор. Он подошел к Готлибу и язвительно произнес:

— Не слишком ли вы забегаете вперед, господин Готлиб? Как вам должно быть хорошо известно, суд присудил наследство в пользу Эльзы Глюк, и решение вошло в законную силу.

— Но оно может быть пересмотрено ввиду вновь открывшихся обстоятельств! — И вдруг, вспылив, недавний союзник крикнул: — Да вы с какой стати вмешиваетесь в это дело? Довольно морочили всех! Если вы еще раз станете на моей дороге к наследству, я потребую, чтобы вас арестовали. Вы выступали от имени Глюк и, значит, являетесь соучастником преступления!

— Но вопрос о причинах лишения наследства вашего почтенного родителя... — горячился Зауер.

Спор их был прекращен появлением Кранца.

— Ого! — в волнении размахивал он руками. — Вот оно самое! Вот где мы с вами, Готлиб, брили господина Штирнера, и чистили его платье, и, кхе... получили на чаек с его милости! Помните, ваше превосходительство, вещественное доказательство, которое я преподнес вам в тюрьме, — обратился он к прокурору, — монетку помните? Это самое и есть мое преступление. Цена крови, так сказать. Вместо того чтобы убить, я почистил платьице у господина Штирнера!

— Никто не поставит вам в упрек этого преступления, Кранц. Довольно вы насиделись, теперь вас ждет серьезная работа. Клетку мы захватили, но птичка улетела. Штирнера нет.

— Найдем, найдем! Из-под земли выроем! — весело сказал Кранц, потирая руки.

— Печальные новости, — послышался голос Качинского. Он отложил трубку телефона и сказал: — Сейчас телефонировали с одного завода, что, как только прекратилось действие влияния Штирнера, сотни рабочих упали замертво, очевидно, наступила реакция после ужасного переутомления, в котором держал их все время Штирнер. Требуется немедленная помощь.

Зауер, хмурый и злой, вышел из комнаты и поднялся на третий этаж. В зимнем саду он застал Эльзу и свою жену.

Эмма бросилась к нему с радостным криком:

— Отто!

Но он грубо оттолкнул ее.

— Откуда ты? — хмуро спросил он жену. — Уйди, мне надо поговорить с фрау... Штирнер.

Эльза с упреком посмотрела на него, Эмма со слезами на глазах — на Эльзу, как бы говоря: "Видишь, как он относится ко мне?"

— Ну? — сказал Зауер, сурово глядя на жену.

Эмма вздохнула и послушно вышла.

— Отто Зауер, я не узнаю вас, — с упреком сказала Эльза.

— Она мое несчастье! Я не знаю, как отделаться от нее, — с раздражением сказал Зауер. — Вы должны знать, что моя любовь к ней была искусственно вызвана Штирнером.

— Это не дает вам права так относиться к ней. Она не виновата ни в чем, и она любила вас раньше не по приказу Штирнера.

— Какое мне дело до нее? — так же раздраженно ответил Зауер. — Где Штирнер?

— Он ушел.

— Куда?

— Я не знаю. Он не сказал мне, но в доме его нет наверно.

— Вы лжете! Вы скрываете его!

Эльза встала:

— Послушайте, Зауер, если вы не оставите этот тон, я сейчас же уйду.

Зауер заставил себя успокоиться и сел рядом с Эльзой.

— Простите меня, Эльза, — почти ласково сказал он. — Я слишком изнервничался за это время. Вы говорите, Штирнера нет. Вы, значит, свободны?

Эльза в ответ кивнула головой.

— Что же мешает нам теперь быть вместе?

— Зауер, но ведь у вас ребенок, жена...

— Не говорите мне о ней, Эльза!

Он взял ее руку. Эльза нахмурилась и тихо, но решительно отняла свою руку. Не только жена и ребенок отдаляли ее теперь от Зауера. Новые черты характера Зауера делали его чужим. А может быть, это и не новые черты; может быть, эта грубость и черствость всегда жили в нем под покровом холодной корректности и она раньше только не замечала их?

И еще одно удерживало Эльзу. Штирнер, каким она узнала его в последнюю ночь, поразил ее воображение. Он был преступен. Он учинил насилие над свободой ее воли и чувств, но он прошел через ее жизнь, оставил след. И та бездна страдания, которую он открыл перед нею в последнюю ночь, не могла не взволновать ее. Вернув ей свободу, он показал, что доля порядочности еще сохранилась в нем.

Зауер не понимал, что творится в душе Эльзы, и думал, что в ней говорит лишь женская стыдливость.

Он сделал новую попытку взять ее за руку и начал говорить, все более увлекаясь:

— Скажите "да", Эльза, и мы будем счастливы. Мы оба много страдали и заслужили право на счастье. И еще, Эльза, вы помните, я радовался, когда вы отказались от наследства, потому что я боялся потерять вас? Я думаю, что теперь оно не будет стоять стеной между нами. Штирнера нет. Что мешает вам воспользоваться вашим правом? Готлиб? Мне не страшен этот щенок!

Эльза посмотрела на Зауера и вновь отняла свою руку. Во взгляде Эльзы Зауер заметил удивление и страх.

— Не думайте, что во мне говорит корыстолюбие! — поспешил он оправдаться, по-своему поняв этот страх. — Нет, я люблю вас, только вас, а не ваше богатство. Но будьте же практичны. Поймите, что рай в шалаше — мечта поэтов. Подумайте о своем будущем. Дайте мне доверенность, и я ручаюсь, что спасу по крайней мере часть вашего состояния в размере оставленного вам наследства.

Эльза встала и подняла руки, как бы защищаясь:

— Нет, Зауер, нет! Не говорите мне о наследстве! Я не хочу переживать еще раз все эти ужасы, всю эту грязь... Прекратим этот разговор... Я так устала... Я не спала всю ночь и еле стою на ногах...

— Но это не последнее ваше слово? — спросил Зауер вслед удаляющейся Эльзе.

Она быстро ушла, ничего не ответив.

Эльза вбежала в свою комнату и обняла плачущую Эмму:

— Не плачь, моя девочка! Я не отниму у тебя Отто, но боюсь, что тебе не удастся вернуть его.

— Ты думаешь? — спросила Эмма, беспомощно взглянув на Эльзу.

— Может быть, потом... — сказала Эльза, чтобы утешить подругу, хотя и не верила в это возвращение. — А теперь нам с тобой надо отдохнуть. Я не оставлю тебя. Мы поедем далеко, чтобы забыть обо всем. Не плачь! Тебе надо беречь себя. И ты совсем не одинока. У тебя есть сын, мы будем вместе воспитывать его. В нем ты найдешь свое счастье.

— Да, поедем. Не оставляй меня, Эльза!

Зауер продолжал сидеть в зимнем саду перед аквариумом, опустив голову, хмурый и злой.

— О, черт!.. — вдруг крикнул он и неожиданно для себя ударил кулаком в стеклянную стенку аквариума.

Стекло разбилось, вода вылилась, и рыбки, опустившись на дно, жадно открывали рты и били хвостами по сырому песку...

# Часть третья

## I

## Домик у моря

Листья пальм, колеблемые ровным береговым ветром, мерно покачивались, как огромные веера, приводимые в движение невидимой рукой. Несмотря на ранний час, солнце палило немилосердно. От пальм ложились на землю иссиня-черные тени.

Небольшой дом с плоской крышей и широкой верандой, выходящей на берег океана, стоял на склоне горы. За домом начинался тропический лес. Пальмы густо обступили дом, укрывая его от зноя широкими листьями. Живая ограда из колючих растений опоясывала участок вокруг усадьбы.

Дом стоял особняком. За невысоким горным кряжем находился небольшой городок.

На веранде за утренним кофе сидела молодая русоволосая женщина в летнем белом костюме и в плетеных туфлях местного изделия на босу ногу.

— Еще чашку прикажете? — спросил старый слуга в белой блузе, белых шароварах и таких же плетеных туфлях.

— Нет, Ганс, благодарю вас. Можете убирать кофе. Как ваши ноги, Ганс?

— Благодарю вас, отлично. Это солнышко прекрасно излечило меня. Еще немножко, и я буду танцевать!

— Фрау Шмитгоф дома?

— Ушла за провизией. Скоро должна прийти. Вам что-нибудь нужно, фрау?

— Нет, благодарю вас, ничего.

Ганс вышел.

Эльза вздохнула, взяла веер, сделанный из пальмового листа, повернула легкое плетеное кресло к океану и, тихо махая веером, стала смотреть на сверкающую в утренних лучах солнца поверхность воды.

Прошло три года с тех пор, как поселилась она здесь вместе с Эммой, ее маленьким сыном и фрау Шмитгоф, которая упросила взять ее с собой.

Первое лицо, которое она встретила здесь, был Ганс,

старый слуга Карла Готлиба. Он и был тем доверенным человеком, которому Штирнер перед своим уходом вручил заботы об Эльзе.

Штирнер постарался "закрепить" верность Ганса мыслеизлучением большой силы. Штирнер тогда достиг большого успеха в мысленном внушении на продолжительный срок — он сам готовился внушить себе "перевоплощение личности" на всю жизнь. Ганс был первым опытом в этом направлении. Когда опыт с Гансом был закончен и по испытании дал вполне прочные результаты, Штирнер улыбнулся, довольный своей работой.

"Как легко теперь делать людей верными и честными!" — подумал он, отпуская Ганса.

Но эта искусственно закрепленная внушением верность была только предосторожностью. Ганс, по всей вероятности, и без внушения остался бы верен и точно выполнил бы все приказания Штирнера. На имя Ганса была положена крупная сумма в банке ближайшего города. Но полной хозяйкой денег и дома была Эльза.

Ей очень нравился этот укромный уголок, далекий от шумных центров и всего, что могло ей напомнить прошлое. Она хотела одного: чтобы о ней скорее забыли.

Их переселение сюда было похоже на бегство. Они никому не сказали, куда едут, уехали внезапно, без предупреждения, а здесь даже переменили свои фамилии. Эльза стала называть себя Беккер — по фамилии доброй старушки, приютившей и воспитавшей ее в детстве. Эмма приняла девичью фамилию своей покойной матери — Шпильман. Только Шмитгоф оставила прежнюю фамилию.

— Я слишком привыкла к своей фамилии и буду путаться, если переменю ее. И потом... может быть, это незаконно, и я боюсь ответственности, — говорила она.

Маленькая колония жила тихой и мирной жизнью. Боясь быть открытыми, они ни с кем не переписывались и даже не получали газет. Шмитгоф и Ганс вели небольшое хозяйство. Чернокожая нянька помогала Эмме ухаживать за ребенком. Два негра работали в саду и в огороде и присматривали за парой лошадей и ослом. Но в лошадях почти не было надобности. Изредка Эмма ездила с сыном кататься. Обычно же они ограничивались пешими прогулками по берегу океана.

Все так загорели, что их трудно было узнать. Особенно маленький Отто, или Крепыш, как его звали. Темноволосый, курчавый, почти всегда голый, бронзовый от загара, он совсем походил бы на мальчика-туземца, если бы не европейские черты лица.

Эмма в первое время несколько скучала без привычной обстановки большого города, но скоро втянулась в новую жизнь. Заботы о ребенке оставляли мало свободного времени. Сквозь загар на ее щеках проступал прежний румянец, и ее смех теперь часто сплетался со смехом ее ребенка, как два звонких колокольчика, наполнявших звоном весь небольшой дом.

Вечером Эльза иногда играла на рояле: от этой привычки она не могла отказаться. Ребенок засыпал. Эмма усаживалась у ног Эльзы на циновке и замолкала.

Каждая из них думала о своем.

Эльза вставала позже. За утренним кофе она с немой улыбкой прислушивалась к веселым голосам, звеневшим у берега океана.

Крепыш пропадал на берегу все дни.

Он собирал раковины и камешки, ловил крабов, бросал обратно в воду мелкую рыбку, выкидываемую на берег волнами океана.

Трусиха Эмма первое время боялась всего. Боялась, что океан в бурю смоет их домик, боялась скорпионов, змей, которые могли вползти в дом, боялась львов. Львы действительно водились здесь, но далеко, в глубине леса. Они никогда не подходили близко к дому. Только раз или два обитатели дома слышали их отдаленный рев. И Эмма в ужасе будила Эльзу... Но потом она привыкла ко всему.

Эльза медленно махала веером, следя за белой яхтой, показавшейся в океане, у входа в залив. По заливу нередко шныряли пироги туземцев-рыболовов. Появление европейского судна было событием для обитателей этого тихого уголка. Океанские пути лежали в стороне. Небольшие суда появлялись иногда на горизонте, но они или шли мимо, или заходили в порт соседнего городка. На этот раз белая яхта заворачивала в залив.

Эльза испытала неприятное чувство человека, опасающегося, что его покой и обычный уклад жизни могут быть нарушены.

Яхта, мерно покачиваясь, приближалась к берегу.

На яхте развевался красный флаг.

"Странно", — подумала Эльза.

Между тем яхта пристала к берегу.

Слышно было, как заворчала якорная цепь; паруса опустились, и яхта закачалась на месте. В шлюпку спустились два матроса и три человека в белых костюмах с пробковыми шлемами на голове. Шлюпка отчалила. Вот трое в белом вышли на берег у того места, где находилась Эмма с ребенком и черной няней. Голоса-колокольчики умолкли. Крепыш прижался к матери и с испугом смотрел на незнакомых людей. Матросы вынимают из шлюпки тюки и по пояс в воде переносят и складывают их на берегу. Мужчина в белом подходит к Эмме с поклоном, снимает пробковый шлем, что-то говорит и показывает на тюки. Эмма кивает головой. Матросы и трое в белых костюмах развязывают тюки, вынимают колья, брезент, веревки. Они разбивают палатку. Этого еще недоставало! Почему именно здесь?

Эмма что-то говорит няне, которая берет ребенка на руки, и они трое быстро поднимаются по каменистой дорожке к дому.

Эльза все быстрее машет веером и в нетерпении ожидает их. Эмма опережает няню с ребенком и почти бежит к веранде. Эльза видит взволнованное, побледневшее лицо Эммы и неизвестно почему начинает волноваться сама.

— Кто это? Что им здесь нужно? — спросила Эльза подругу, взбежавшую по легким ступеням лестницы в густую тень веранды. От быстрого подъема на гору, усталости и волнения Эмма не смогла справиться с дыханием. Пряди волос прилипли к ее влажному лбу.

— Птицы сегодня не достала, но купила хорошей рыбы! — услышала Эльза за собой голос фрау Шмитгоф, вернувшейся с провизией.

— Кто эти люди? — повторила свой вопрос Эльза, не отвечая Шмитгоф.

— Приехал Штирнер и с ним еще двое каких-то... — ответила Эмма, глядя испуганно на подругу.

Эльза побледнела, выронила веер из рук и откинулась на спинку.

— Не может этого быть! Ты ошиблась, Эмма.

— Он, он! Уверяю тебя, это он! У него, правда, сильно изменилось лицо, но это он. Его глаза нельзя забыть! А с ним двое каких-то неизвестных. Один помоложе, а другой пожилой, с усами.

Наступила пауза. Эльза была глубоко взволнована.

Она стала дышать так часто, будто не Эмма, а она только что взбежала на гору.

— О чем он говорил с тобой? — спросила Эльза.

— Они приехали на охоту и просили разрешения разбить палатку. Штирнер почему-то назвал себя Штерн.

— Штерн! — вскрикнула Эльза. — Да, это он, сомненья нет.

— Почему Штерн он? — спросила Эмма.

Эльза на минуту задумалась, потом сказала:

— Он переменил имя, так же как и мы...

— Ты знала это и молчала? — с упреком сказала Эмма.

— Я не думала, что мы встретимся когда-нибудь с ним. У него больше оснований забыть свое прошлое и не открывать его, чем у нас. И потому я прошу тебя, Эмма, и вас, фрау Шмитгоф, предупредите также и Ганса, что, если Штирнер явится сюда, никто из нас не должен называть его прежним именем и не подавать виду, что мы знали его. Как бы он ни был виноват, он уже не тот. Он покончил со своим прошлым, и мы должны сохранить его тайну.

— А если эта тайна известна его спутникам?

— Не думаю...

— А если Штирнер сам выдаст себя, узнав нас? Я думаю, что, увидя тебя, Эльза, он не сохранит спокойствия. Это будет так неожиданно! — И, всплеснув руками, она по-детски воскликнула: — Как интересно! — И тут же озабоченно добавила: — Если только он опять не наделает никаких бед...

— Не беспокойся. Он не наделает бед. И он никого из нас не узнает, в этом ты можешь быть совершенно уверена. Ведь не узнал же он тебя. Разве только меня... немножко... как случайную знакомую, — добавила она, как будто вспоминая о чем-то. — Но, может быть, они и не придут сюда?

— Придут, наверно, придут, — сказала Эмма. — И вот почему: Штирнер сказал мне: "Надеюсь, что мы вас ничем не побеспокоим. Но если среди ваших слуг есть туземец, знающий местность, мы будем очень просить вас разрешить нам взять его в проводники на день-два". Идут, идут сюда! — вдруг закричала она. — Меня уж все равно они видели такой растрепанной дикаркой, — безнадежно махнула рукой Эмма, — а ты иди хоть переодень туфли да чулки натяни! Нельзя же так. Ведь Штирнер, тьфу, Штерн, Штерн, Штерн, как-никак был твоим...

Эльза не дослушала, быстро поднялась и ушла к себе. Не забота о наряде заставила ее уйти, а желание наедине справиться со своим волнением.

Сейчас она опять встретится лицом к лицу со Штирнером, с этим загадочным человеком, который ей сделал столько зла, но который искренне любил ее.

Эльза быстро ходила из угла в угол. Рой воспоминаний кружил ей голову. Она сама удивилась силе своего волнения. Ей казалось, что ею все было забыто, все стало невозвратным прошлым. Только одна тайна осталась нераскрытой и изредка мучила ее: виновен ли Штирнер в смерти Карла Готлиба? Эту тайну Штирнер унес с собой. Эльза подошла к зеркалу и начала бессознательно поправлять волосы.

"Какая я стала черная!" — подумала она, глядя на свое лицо.

— Впрочем, он все равно не узнал бы меня, — прошептала она со вздохом.

Около дома послышались голоса.

— Однако что же я? — И она вдруг бросилась к шкафу и стала перебирать платья. "Вероятно, все это покажется им ужасно старомодным", — подумала она. Наконец выбрала легкое белое платье, быстро оделась, осмотрела себя еще раз в зеркало и, глубоко вздохнув, вышла на веранду.

## II

## Охотники на львов

К Эльзе подошел пожилой человек с пушистыми седыми усами.

— Позвольте мне как самому старшему из нашей компании представить других, — сказал он с поклоном. — Дугов, заведующий зоологическими садами в Москве. А вот это Качинский. Он стоит во главе всего дела передачи мыслей на расстояние.

Качинский поздоровался.

— Ну-с, а это, — Дугов указал на Штирнера, — это мой ближайший помощник Штерн.

Штирнер протянул руку Эльзе, и они несколько церемонно поздоровались.

Все уселись за стол. Эльза позвонила и попросила принести завтрак. Поднос заметно дрожал в руках старого слуги, когда он подходил к столу, искоса поглядывая на Штирнера. Эмма вдруг улыбнулась, глядя на дверь, Эльза оглянулась, чтобы посмотреть, что рассмешило Эмму, и увидала испуганное лицо фрау Шмитгоф, выглядывавшее из-за дверей.

Дугов выпил бокал вина за здоровье хозяек и сказал:

— Мы очень просим извинить нас за то, что нарушили ваше одиночество, но, право, это вышло случайно, фрау Беккер. Мы, пользуясь отпуском, решили поохотиться в здешних местах на львов. В наших зоологических садах недостает нескольких экземпляров этих прекрасных животных той породы, которая встречается только здесь. Вот мы и отправились со Штерном сюда, а к нам присоединился и Качинский, который хочет испытать на деле то оружие, которым он сам нас вооружил.

— Что же это за оружие? Где оно? — спросила любопытная Эмма.

Дугов засмеялся:

— А вот пойдемте с нами на охоту — и увидите!

— На львов? Ни за что! — в ужасе воскликнула Эмма. — Я дрожу, когда слышу отдаленный рев...

— Ого! Значит, нас не обманули и охота должна быть удачная! — сказал Дугов, потирая руки. — А вас мы побеспокоили потому, — продолжал он, — что не хотим своим прибытием в городок возбуждать лишний шум. Толпа зевак всегда мешает. И мы решили завернуть в ваш залив. — Дугов протянул руку к берегу. — Жить мы будем в палатке. Вас же мы попросим только об одном: если среди ваших служащих имеются туземцы, разрешите использовать их в качестве проводников.

Эльза охотно согласилась на просьбу Дугова. Она старалась не глядеть на Штирнера, но не могла удержаться, чтобы не скользнуть несколько раз взглядом по его лицу. Наконец она не выдержала и обратилась к нему:

— Скажите, господин Штерн, если я не ошибаюсь, вы не русский?

— Да, я не русский, — ответил Штерн.

— А вы... давно живете в России?

— Около трех лет.

Вежливость не позволяла продолжить этот разговор, похожий на допрос. И все же Эльза неожиданно для себя спросила:

— А раньше где вы жили?

Штирнер рассмеялся самым добродушным образом. И этот смех удивил Эльзу: так не похож он был на прежний, иронический, сухой и злой, смех Штирнера. Действительно, перед нею был другой человек.

— Где я жил раньше и вообще что было со мною раньше — это загадка для меня самого. Не верите? Спросите моих товарищей. Я абсолютно не помню ничего, что было со мной до приезда в Москву, и "забвение" в первое время крайне угнетало меня. Я обращался за советами к профессорам, и они находили у меня какое-то сложное психическое заболевание с мудреным названием, что-то вроде шизофрении. При этом заболевании человек может как бы утратить свою личность, память о прошлом. Вот товарищ Качинский предлагал мне испробовать его собственный метод лечения. — Штирнер, улыбаясь, развел руками. — При всем моем доверии и уважении к Качинскому я отказался. Это лечение — что-то вроде гипноза, а я чувствую к нему органическую неприязнь.

Эльза посмотрела на Качинского. Он утвердительно кивнул головой и сказал:

— Я предлагал Штерну свои услуги. Но он отказался. А без его согласия я, конечно, не стал делать опытов.

— В Москве я служил рабочим на заводе "Динамо", — продолжал Штирнер. — Потом поступил в зоологический сад — я очень люблю животных — и там познакомился с заведующим Дуговым, который был так любезен, что скоро сделал меня своим ближайшим помощником.

— Вы стоили того, дорогой мой, — ответил Дугов.

— А через Дугова я познакомился и с "передатчиком мыслей", как шутя зовут у нас Качинского. Вот и все, что я могу рассказать о себе.

— А у вас так широко поставлено теперь это дело передачи мысли на расстояние? — спросила Эмма.

— Ого! — отозвался Дугов. — Что-то необычайное! Передача мысли на расстояние действительно достигла широкого применения. Через несколько десятков лет вы не узнаете мира.

— И то, что уже достигнуто, изумительно, — сказал Штирнер. — Неужели вы не читали в газетах?

— Мы не выписываем газет.

Штирнер посмотрел на Эльзу и нахмурился, как бы стараясь что-то вспомнить.

— Странно, — сказал он, — мне кажется, что я как будто где-то когда-то мельком видел вас. Может быть, случайная встреча в пути?..

— Возможно, — ответила Эльза, смутившись. — Так вы говорите, что передача мыслей творит чудеса?

— Да, чудеса. Чудеса, фантазии и химеры мы воплотили в жизнь. — И, вдруг вдохновившись, Качинский стал быстро говорить: — Вы не узнали бы Москвы, если вам когда-нибудь приходилось бывать в ней. Первое, что вас поразит, — это то, что Москва стала городом великого молчания. Мы почти не разговариваем друг с другом с тех пор, как научились непосредственно обмениваться мыслями. Каким громоздким и медленным кажется теперь нам старый способ разговора! Возможно, что со временем мы и совсем разучимся говорить. Скоро и почту, и телеграф, и даже радио мы сдадим в архив. Мы научились уже разговаривать друг с другом на расстоянии. Вот сейчас, если хотите, я могу обменяться мыслями с моим приятелем в Москве.

Качинский замолчал, полузакрыл глаза и сосредоточился, приложив к виску какую-то коробочку. Эльза и Эмма с удивлением следили за игрой его лица, отражавшей этот молчаливый разговор. Качинский открыл глаза и улыбнулся:

— Друг здоров, но очень занят — он на заседании. В Москве идет снег. Ивин шлет нам всем привет. Просит нас, чтобы мы привезли его жене попугая.

Эмма даже рот приоткрыла от удивления.

— Но как же, — спросила она, — не перемешаются все эти мысли?

— Взаимные мешания существуют, но не в такой степени,

как в радиопередаче. Наши "радиостанции" более точны, чем старые; мы всегда знаем, как настроен приемник нашего собеседника, и быстро устанавливаем нужную связь.

— Где же ваша радиостанция? — спросила Эльза.

— Вот здесь! — ответил Качинский, с улыбкой показывая на свой лоб. — Наш мозг — наша радиостанция. У нас есть и настоящие усилительные машины, но теперь мы пользуемся ими только для передачи мыслей, так сказать, массового восприятия: новостей дня, лекций, концертов. Отдельные же лица для общения друг с другом имеют усилители, которые помещаются в кармане. Вот он! — И Качинский показал коробочку, которую только что держал у виска. — На близком расстоянии усиления не нужно и сейчас. А скоро мы и вообще обойдемся без искусственного усиления. Постепенным упражнением мы достигаем все большей мощности нашей природной "радиостанции".

— И вы можете передать концерт, как по радио?

— Лучше, чем по радио. Мы просим наших лучших композиторов мысленно импровизировать и излучать импровизацию. Какой восторг слушать свободный полет фантазии! Или, например, шахматы, которыми у нас так увлекаются. Сотни тысяч людей мысленно следят за игрой шахматных маэстро. Особенно интересна игра "в открытую", когда шахматисты излучают весь процесс обдумывания ходов. Да всего не расскажешь!

— Приезжайте и посмотрите своими глазами, — сказал Штирнер, поймав взгляд Эльзы.

— Да, это лучше всего, — согласился Качинский. — Мысленно мы передаем не только звуки, но и краски, образы, сцены — словом, все, что может вообразить человек. Когда передача мысли станет общим достоянием, больше не будет театров, кинематографов, школ, душных помещений, скопления людей. Знания, развлечения, зрелища станут доступны каждому. Чрезвычайно полезной оказалась мыслепередача и в нашей рабочей жизни. У нас теперь идеальные трудовые коллективы, которые выполняют работу со стройностью лучшего оркестра.

Дело сводится к координированию при помощи мыслепередачи деятельности нервных систем. Сочетание движений само по себе чрезвычайно важно в тех случаях, где применяется коллективный труд. Для этого, например, во все времена, начиная с глубочайшей древности, употреблялись песни. У нас когда-то распевалась песня "Эй, дубинушка, ухнем". На слоге "ух" работавшие как бы слагали общие усилия в одной точке времени и пространства. Но этот способ годился и помогал только в тех случаях, где приходилось применять грубую физическую силу. В более сложных процессах пытались применять иные способы координирования трудовых движений. Устраивались так называемые конвейерные системы, когда все процессы шли "лентой" так, что остановка в одном месте производила остановку всей ленты. Волей-неволей приходилось применяться к общему темпу работ. Эта система заставляла работать в одинаковом темпе людей с различной нервной и физической организацией. На смену механическому принуждению пришла наша мыслепередача, которая не принуждает, а помогает рабочим координировать работу своей нервной системы и мышц с работой коллектива.

Когда-то в Москве удивлял так называемый Персимфанс: первый симфонический оркестр без дирижера. Это была действительно первая попытка создать коллектив, связанный внутренней спайкой — координированием работы нервных систем многих людей. Но все же и в Персимфансе было больше механической спайки: члены его подчинялись больше заранее установленным музыкальным темпам, чем единой воле коллектива.

Иное дело, когда невидимый "дирижер" воздействует непосредственно на волевые центры. Слаженность работы получается изумительная, и конечно, и производительность труда максимальная.

— Но разве все это не подавляет личность, ее свободу? Ведь могут же быть люди, которые захотят использовать эту силу во зло другим!

— Был такой человек, его звали Штирнером, мне о нем приходилось кое-что слышать, — сказал Штирнер. — Этот человек действительно наделал много вреда, использовав в личных целях мощную силу мысли. Но вот Качинский сумел обезвредить Штирнера.

— А вы не знаете, где теперь Штирнер? — не удержалась Эльза от жуткого вопроса, обращаясь к Штирнеру.

— Не знаю, и пусть он благодарит судьбу, что я не знаю, где он... Если бы я встретил этого человека, не поздоровилось бы ему.

Качинский улыбнулся:

— Зачем мстить Штирнеру? У нас есть более мягкие способы вырвать ядовитое жало. Правда, мы прибегаем к ним лишь в исключительных случаях. И потом, надо же быть справедливым: Штирнер оставил нам огромное наследство. Без его изобретений мы не имели бы таких успехов в области передачи мысли. Наконец, он сохранил мне жизнь. В нем было свое благородство.

— В России не может быть того, что натворил Штирнер, — продолжал Штирнер. — С тех пор как передача мысли на расстояние сделалась общим достоянием, произошло, так сказать, уравновешение сил. Если вы не желаете воспринимать чужие мысли, вы всегда можете "выключить ваш приемник", и дело с концом.

— Собственно говоря, возможность внезапного "мысленного нападения" не исключена, — сказал Качинский. — Но мы строго следим за этим и своеобразно караем. При помощи сверхмощных усилителей, которые у нас имеются, мы делаем преступнику соответствующее "внушение", и он навсегда делается безопасным, так как самая мысль о повторном преступлении не может уже возникнуть в его сознании. Нам не нужны теперь тюрьмы, мы делаем из всякого преступника полезного члена общества.

Эльза о чем-то задумалась.

Дугов заметил это и, опасаясь, что своими разговорами они утомили хозяев, отвыкших от посещения посторонних людей, посмотрел на часы и сказал:

— Однако мы заговорились. Пойдемте, Штерн, нам надо готовиться к охоте.

Простившись с дамами, Дугов и Штирнер спустились с террасы.

— Надеюсь, вы будете у нас обедать? — спросила Эльза вслед.

— Если это не очень обеспокоит вас, — ответил с поклоном Дугов.

Где-то заплакал маленький Отто. Эмма извинилась и вышла.

## III

## Штирнер и Штерн

Эльза осталась одна с Качинским.

Ее охватило волнение. Из всего, что рассказывал Качинский, ее больше всего поразило и заинтересовало одно: Качинский может вернуть Штирнеру его прежнее сознание, сделать хоть на несколько минут из Штерна прежнего Штирнера. Ей очень хотелось этого. Почему? Она сама едва ли отдавала себе в этом отчет. "Я хочу узнать тайну смерти Готлиба", — думала она. Но не только это возбуждало ее желание увидеть прежнего Штирнера. Быть может, в ней бессознательно говорило чувство женщины, которое не могло примириться с тем, что человек, который любил ее и решил так своеобразно покончить с собой, вместе со своей личностью убил и чувство любви к ней. Быть может... Быть может, она странными изгибами чувства начинала любить этого человека. Она сидела молча, не зная, как приступить к своей цели.

— Скажите, господин Качинский, — начала она нерешительно, — вы не могли бы здесь же, у нас, испробовать ваш способ, чтобы вернуть прежнее сознание Штерна? Возможно ли это?

— И да и нет. Вообще говоря, восстановление памяти вполне возможно. Медицина знает много таких случаев. Их бывает немало на войне, когда от сильной контузии люди совершенно теряют память о прошлом и даже забывают свое имя, но потом память возвращается. Известны такие случаи и при гипнозе. Окончательная потеря памяти может быть только тогда, когда органически разрушаются самые центры памяти в мозговом веществе. Это, так сказать, травматическая потеря памяти. Она безнадежна. Но в данном случае разрушение мозговой ткани едва ли было, иначе оно отразилось бы на всей психической деятельности. А Штерн во всем остальном, кроме воспоминаний прошлого, вполне нормален. Я могу в пример привести себя. Во время моей борьбы со Штирнером он поразил мои мозговые центры, управляющие равновесием. Я был совершенно беспомощен и тем не менее сумел восстановить чувство равновесия.

— Значит, можно? — оживилась Эльза. — Почему же вы ответили "и да и нет"?

— Да вообще можно, но... вы же слыхали, что сам Штерн не

желает подвергаться этому опыту? Это во-первых... Но почему вас так интересует прежнее сознание Штерна?

— Дело в том, что мне кажется... я была знакома с этим человеком... даже, наверно, очень хорошо знакома... Но он забыл обо мне, как обо всем прошлом. Мне хотелось бы пробудить в нем одно воспоминание. И потом... узнать одну тайну, очень важную тайну, которую он хотел мне сказать, но не имел возможности...

Качинский посмотрел на нее с удивлением. "Роман?" — подумал он.

— Против его желания я, к сожалению, лишен возможности удовлетворить ваше любопытство, — ответил он.

Эльза нахмурилась.

— Это не любопытство. Это очень серьезно, — сказала она с некоторой обидой в голосе. — Настолько серьезно, что я просила бы вас сделать опыт, не спрашивая его разрешения. Всего на десять минут. И кто бы он ни был в прошлом, он опять станет Штерном и ничего не будет знать о вашем опыте. Ведь в этом же нет ничего преступного. Я прошу вас, очень прошу!

На этот раз нахмурился Качинский.

— Если я сам первый начну изменять нашим принципам охраны свободы чужого сознания, то вряд ли это будет похвальным, — сурово ответил он.

Эльза начала раздражаться. "Качинский не понимает важности дела. Так я же покажу ему, что тут нечто более серьезное, чем женское любопытство!" — подумала она и сказала:

— Штерн говорил, что вы обезвредили некоего Штирнера. Как это было? Я прошу рассказать мне.

Качинский рассказал.

— Значит, вы видели в лицо Штирнера в том стеклянном доме?

— Нет, в лицо я его не видел. Он был в густой металлической маске.

— Если вы так упрямы, что не хотите исполнить мою просьбу, то я принуждена открыть тайну: Штерн и есть Штирнер, а я его жена, урожденная Эльза Глюк, по мужу Штирнер.

Качинский был поражен.

— Неужели Кранц был прав? — сказал он после паузы.

— Кто такой Кранц?

— Кранц — сыщик. Он поставил целью своей жизни отыскать Штирнера. Не так давно он встретил в Москве Штерна и стал уверять меня, что это и есть Штирнер. Тогда мне стоило больших трудов убедить Кранца, что он введен в заблуждение внешним сходством.

— Теперь, надеюсь, вы признаете мою просьбу основательной? — спросила Эльза, довольная произведенным эффектом.

— Штерн — это Штирнер! — мог только произнести Качинский и глубоко задумался.

Эльза выжидательно смотрела на него:

— Ну что же, да или нет?

— Нет!

— Но если Штерн-Штирнер согласится на опыт?

— Он не согласится.

— Посмотрим! Я сама поговорю с ним. Подождите здесь, я сейчас приду.

Качинский остался на террасе, следя за удаляющейся Эльзой.

Она спустилась вниз к палатке на берегу и стала о чем-то говорить со Штирнером, который внимательно слушал ее, потом кивнул головой.

"Неужели ей так скоро удалось уговорить его? — подумал Качинский. — Ведь он всегда с ужасом отказывался, когда я предлагал ему сделать попытку вернуть память о прошлом".

Эльза пригласила Штирнера идти за собой.

— Он согласен, — сказала Эльза, поднимаясь на веранду, — согласен и даже сам просит вас об этом.

— Вы согласны? — спросил, еще не веря, Качинский.

— С большим удовольствием. Ничего не имею против, — ответил Штирнер.

Качинский задумался: "В конце концов, я ведь каждую минуту могу погасить у Штирнера память о прошлом. Я буду следить за ним".

— Ну что ж, пусть будет по-вашему, — сказал Качинский. Он вынул из кармана коробочку — аккумулятор-усилитель, приложил к виску и мысленно приказал, фиксируя Штирнера глазами: — Садитесь и усните!

Штирнер покорно уселся и тотчас уснул, закрыв глаза и опустив голову.

— Обычно к усыплению мы не прибегаем, — сказал Качинский, обращаясь к Эльзе, — но это трудная операция. Я верну ему прежнее сознание всего на десять...

— На двадцать! — сказала Эльза.

— Ну, на пятнадцать минут, не больше. Надеюсь, за это время он не натворит больших бед. На всякий случай я буду следить за ним из комнаты, уж с этим вы должны примириться. Ровно через пятнадцать минут он вновь станет Штерном.

Качинский замолчал и стал сосредоточенно смотреть на Штирнера.

— Сейчас он проснется. Я ухожу.

Качинский ушел в дом и стал у двери так, что с веранды его не было видно.

Штирнер несколько раз глубоко вздохнул, приоткрыл глаза и вдруг опять закрыл их, ослепленный ярким солнцем. Переход от полумрака большого зала в доме Готлиба к сверкающей поверхности океана был слишком резким. Наконец, щурясь, он открыл глаза.

— Что это? Где я? Эльза? Ты?.. — Он бросился к ней и стал целовать ее руки. — Милая Эльза! Но что это значит? Я не соберусь с мыслями...

— Садитесь, Людвиг, — ласково сказала она, — слушайте и не перебивайте меня. У нас только пятнадцать минут на это свидание... Я вам все объясню. Вы ушли в ту бурную ночь, превратившись в Штерна. И вот мы опять встретились с вами. Как? Я вам скажу потом, если у нас останется время. А теперь я прошу вас скорее сказать мне то, что мучило меня все это время, эти три года.

— Три года? — удивленно повторил Штирнер.

— Скажите мне правду: вы не виноваты в смерти Карла Готлиба?

— Я же вам говорил, Эльза. Смерть Готлиба действительно произошла от несчастной случайности.

— Но второе завещание было составлено всего за месяц до смерти. Это тоже случайность?

— Нет, это не случайность. В этом я, если хотите, виновен. Я действительно поторопил Готлиба составить последнее завещание, так как дни его были сочтены. Несмотря на свой цветущий вид, он был смертельно болен сердечной болезнью. Ему врачи не говорили об этом, но мне, как доверенному лицу, сказали, что дни его сочтены, больше месяца он не проживет. Поэтому я и внушил ему мысль скорее составить завещание. Почему на ваше имя, а не на свое, я, кажется, уже говорил вам. Эта "кривая" была ближе к цели, — сказал он со знакомой иронической улыбкой.

— Но моя услуга Готлибу, о которой упоминается в завещании?..

— Она была, хотя я, пожалуй, несколько преувеличил ее. Я как-то передал вам несколько полученных нами для оплаты векселей, подписанных Карлом Готлибом, и вы, может быть случайно, заметили и обратили мое внимание на то, что почерк не похож на обычный. Я не подал вам тогда виду, но потом произвел тщательное расследование и нашел с десяток таких векселей. Это были подложные векселя. Откуда они появились? Кто их подделал? После долгих и осторожных разведок я пришел к убеждению, что это дело рук Оскара Готлиба — брата покойного Карла. Я собрал уничтожающие улики и представил их нашему старичку Карлу. Таким образом, вы оказали ему услугу, хотя я не говорил ему, что вы первая заметили подлог, — вы открыли ему глаза на недостойное поведение брата; Карл страшно рассердился, тогда же сказал мне, что лишит Оскара наследства — эта мысль не была внушена мною, — и послал Оскару резкое письмо. Оскар ответил письмом, в котором униженно просил о прощении, сознался в вине, но оправдывался своим тяжелым материальным положением. Письмо это должно храниться в одном из несгораемых шкафов Готлиба...

— И оно нашлось! — воскликнула Эльза. — Это правда... Теперь я верю вам!

— Кто же его нашел?

— У Зауера были ключи. Когда вы ушли, Зауер поссорился с Рудольфом Готлибом, который вновь предъявил свои права на наследство. А Зауер, видимо, хотел во всем заменить вас и решил бороться с Готлибом, чтобы сохранить имущество за мной. Прежде чем шкафы были опечатаны, Зауер успел вскрыть один из них, нашел пачку подложных векселей и письмо Оскара Готлиба и предъявил их прокурору, чтобы доказать правильность завещания Карла Готлиба, лишившего брата наследства. Раздраженный Рудольф Готлиб выстрелил в Зауера, ранил его в живот, и Зауер скончался от перитонита, а Рудольф Готлиб был присужден к десяти годам заключения и отбывает теперь наказание. Дело о подлоге Оскаром векселей пришлось прекратить в самом начале, так как Оскар при первом же допросе внезапно умер от апоплексического удара...

— Сколько несчастий! — сказал Штирнер. — Но ведь в них я не виноват, Эльза?

— Да, хотя косвенно, быть может, и виноваты. Но не будем говорить об этом. Теперь скажите мне: почему вы оказались в Москве?

Штирнер пожал плечами.

— Когда я обдумывал свое бегство, то решил, что врагам менее всего придет в голову искать меня в Москве. Да и московская милиция, уж конечно, не имела контакта с нашей.

И я решил "отправить" Штерна туда. Что было со Штерном, я не знаю.

— Об этом я могу сказать немного из того, что я узнала от Штерна.

И Эльза рассказала Штирнеру обо всем, что произошло со Штерном, не упоминая только фамилии Качинского, вплоть до того момента, как он приехал.

— Но как вам удалось вернуть мое прежнее сознание? — спросил Штирнер.

— Я попросила об этом одного из ваших новых друзей. Я хотела поговорить с прежним Штирнером хотя бы несколько минут, чтобы узнать то, что вы мне сказали.

— И я согласился на то, чтобы мне вернули сознание?

— Да, вы согласились.

— Странно, — сказал Штирнер. — Я предвидел такую возможность и, внушая себе изменение личности, отдал приказ Штерну, чтобы он ни в коем случае не соглашался подвергать себя внушению.

— Ну, значит, Штерн не послушался вас, а послушался меня, — улыбаясь, ответила Эльза.

— Эльза, Эльза, зачем вы это сделали? Как тяжело почувствовать опять на своих плечах груз пережитого! — с тоскою сказал Штирнер.

— Он скоро опять спадет с вас, — ответила Эльза.

— Да, но мне теперь труднее расстаться с вами, чем раньше. Забыть вас опять...

Штирнер встал, протянул руку и, глядя на нее с любовью, сказал:

— Эльза!.. — В этот момент вдруг глаза его и лицо сделались спокойными, и он, несколько смутившись тем, что держал ее за руки, сказал: — Так как же, фрау Беккер, едете вы с нами на охоту? Я согласен, думаю, что и мои товарищи будут не против. Наша охота будет вполне безопасной.

Эльза поняла, что перед нею стоит опять Штерн. Время истекло. Качинский с часами в руках вошел на террасу и спросил Штирнера:

— Скажите, Штерн, о чем вы говорили с фрау Беккер на берегу, только об охоте?

— Ну да, — ответил Штирнер, с удивлением глядя на Качинского. — А о чем же иначе? Фрау Беккер подошла ко мне и просила взять ее с собой на охоту. Она говорила, что вы и Дугов согласны, если я также соглашусь. Я согласен. Вот я и пришел сказать об этом. Ведь так? — обратился он к Эльзе.

— Да, так, — ответила она, улыбаясь.

Качинский посмотрел на Эльзу укоризненно и покачал головой.

— Почему вы качаете головой, Качинский? — спросил Штирнер.

— Но ведь все обошлось благополучно, — сказала Эльза Качинскому.

— Что благополучно? О чем вы говорите, господа? — недоумевал Штирнер.

Качинский махнул рукой:

— Так, пустяки. Фрау Беккер схитрила, желая принять участие в охоте... — сказал он, поглядывая с упреком на Эльзу. — А вы... серьезно хотите идти? — спросил Качинский Эльзу.

— Конечно, серьезно! — ответила она, смеясь.

Качинский опять развел руками.

— Итак, завтра утром идем? — спросил Эльзу Штирнер.

# IV

## "Лебедь" Сен-Санса

Вечером после ужина все сидели на веранде и оживленно разговаривали.

Гости рассказывали о Москве, о чудесах, которые творит передача мысли на расстояние, о необычайных возможностях, которые развернет это мощное орудие, когда человечество овладеет им в совершенстве.

Эмма слушала с увлечением, вздыхала и поглядывала на Эльзу, как бы говоря: "Как там интересно! А мы-то живем здесь!.."

Огромный шар луны поднялся из-за горизонта, проливая серебро бликов через весь океан до самого берега. И волны бережно качали этот подарок неба.

Океан дышал вечерней влажной прохладой. Цветы пахли сильнее, пряным, сладковатым запахом.

Где-то недалеко пели туземцы. Напев их был так же ритмичен и однообразен, как прибой. Под впечатлением этой южной ночи разговор на веранде становился все медленней и наконец затих.

Слышнее стал доноситься шорох гальки, обтачиваемой волнами.

— А мы-то тут живем!.. — с тоской вдруг докончила вслух свои мысли Эмма.

— Вы несправедливы, фрау, — отозвался Дугов и повел широко рукой вокруг. — Разве все это не очаровательно?

— Да, но... сегодня и завтра одно и то же... Хочется нового! Здесь хорошо, и все-таки чего-то не хватает.

— Я знаю, чего не хватает! — сказал, улыбаясь, Дугов. — Музыки! По крайней мере, нам для полноты впечатлений, фрау Беккер, ведь вы играете? Я видел у вас инструмент. Сыграйте нам что-нибудь этакое... лирическое! Мы будем слушать, молчать и созерцать.

— Просим, просим! — поддержал Качинский Дугова.

— С удовольствием, — просто ответила Эльза, вошла в комнату и села у рояля.

"Сегодня я хорошо буду играть", — подумала она, прикоснувшись пальцами к прохладным, чуть-чуть влажным от вечерней сырости клавишам и чувствуя нервный подъем.

— Что бы такое сыграть? — И прежде чем она успела

подумать, ее пальцы, как бы опережая ее мысль и повинуясь какому-то тайному приказу, начали играть "Лебедь" Сен-Санса.

Ласковые, тихие звуки полетели в ночь, по серебристой дороге океана, к луне, сливая очарование звуков с очарованием ночи.

— Как прекрасно вы играете!..

Эльза вздрогнула. Опершись на рояль, перед ней стоял Штирнер и внимательно смотрел на нее. Когда он вошел?

— Простите, я помешал вам? Но я не мог не прийти сюда... Эти звуки... Продолжайте, прошу вас!..

Эльза, не прерывая музыки, с волнением слушала Штирнера и думала о своем. "Лебедь", это ""Лебедь" Сен-Санса..." — так говорил он когда-то там, давно, в стеклянном зале. Нет, он не мог быть злым до конца. И тогда его голос был так же нежен, как и теперь.

— "Лебедь"... "Лебедь" Сен-Санса!.. Десятки раз я слышал эту пьесу в исполнении лучших музыкантов, — говорил Штирнер, глядя на Эльзу, — но почему эта музыка, ваша музыка так волнует меня? Мне кажется, я когда-то слышал ее так же, как иногда мне кажется, что где-то я встречал вас...

От волнения грудь Эльзы стала подниматься выше.

— Это не только кажется. Мы действительно встречались с вами, — быстро ответила она, продолжая играть.

— Где? Когда? — так же быстро спросил Штирнер.

— Ночью, в грозу, в большом зале со стеклянными стенами и потолком...

Штирнер потер лоб рукою и сосредоточенно вспоминал о чем-то.

— Да... действительно... Я вспоминаю что-то подобное...

— И еще раньше мы виделись с вами... часто... в той жизни, о которой вы забыли... — по-прежнему быстро и нервно продолжала Эльза бросать фразы. — Вы забыли меня... и когда вы стали Штерном, то на один мой вопрос вы ответили: "Простите, сударыня, но я не знаю вас".

— Как? Неужели? И мы... были очень хорошо знакомы с вами?

Эльза колебалась. Пальцы ее начали путаться. Потом она решилась и, оборвав музыку, посмотрела Штирнеру прямо в глаза:

— Очень... — И тотчас она заиграла "Полишинель" Рахманинова, чтобы в бравурной музыке скрыть свое волнение. Взволнован был и Штирнер.

— Но тогда... тогда вы знаете, кем был я раньше?

Эльза молчала. Звуки "Полишинеля" росли, ширились, крепли.

— Фрау Беккер, умоляю, скажите мне! Здесь какая-то тайна, я должен ее знать!

Эльза неожиданно оборвала музыку и, серьезно, почти с испугом глядя на Штирнера, сказала:

— Я не могу вам сказать этого, по крайней мере сейчас.

— Что же вы не играете? — послышался голос Дугова.

Эльза начала играть снова.

Штирнер молчал, склонив голову. Потом он опять тихо начал:

— Ваша музыка... вы сами... Почему?.. — Он не договорил свою мысль, как бы ища подходящего выражения. — Почему вы так волнуете меня? Простите, но я должен высказать. Я не донжуан, легко увлекающийся каждой красивой женщиной. Но вы... поворот вашей головы, складки вашего платья, легкий жест — все это необычайно волнует меня, вызывает какие-то смутные, даже не воспоминания, а... знакомые нервные токи, если так можно выразиться...

И вдруг с горячностью, которой она не ожидала, Штирнер подошел к Эльзе, взял ее за руку и сказал:

— Фрау Беккер, я не буду настаивать на том, чтобы вы сказали, кем я был раньше. Но если мы были с вами знакомы, вы все же должны мне рассказать об этом времени... о нашей дружбе... быть может... больше чем дружбе... Это... это так важно для меня!.. Пойдемте туда, на берег моря, и там вы расскажете мне.

Они вышли на веранду.

— Концертное отделение кончилось? — спросил Дугов. — Очень жаль, мы только настроились слушать.

— У фрау Беккер болит голова, — ответил за нее Штирнер, — мы пройдемся к берегу моря подышать прохладой.

Штирнер и Эльза спустились к берегу.

Качинский провожал их внимательным и задумчивым взглядом. Весельчак Дугов усмехнулся в усы. Эмма подметила эту улыбку и рассердилась на него.

"Ничего не знает, не понимает, а тоже — улыбается!" — подумала она. И, глядя на две фигуры, сидящие на прибрежных камнях, Эмма вздохнула...

## V

## Укрощенные

Небольшой отряд выступил в поход.

Впереди шли два проводника негра, вслед за ними — Дугов, Эльза, Штирнер и Качинский.

— Где же ваши ружья? — с недоумением спросила Эльза.

— Вот здесь! — ответил Дугов, стукнув себя по лбу.

— Как, опять здесь? Ваш мозг? Это и радиопередатчик, и ружья, и, может быть, собственная электрическая лампочка? — шутя спросила Эльза.

— Не только может быть, но так оно и будет. Человеческая мысль — величайшая сила, или, как это там, Качинский, сказано у Аррениуса?..

"Самый великий источник энергии — это человеческая мысль... Электромагнитные колебания, которые возникают в клеточках человеческого мозга, — это величайшая сила, которая владеет миром".

— Видите, какое могучее оружие заключено в нашем мозгу! — сказал Дугов.

Они вошли в чащу тропического леса. Здесь стоял полумрак. Пестрые птицы порхали среди ветвей и паутины лиан. Пробивающиеся кое-где лучи солнца, как луч прожектора, выхватывали из полумрака группы листьев разнообразной окраски и зажигали радугу на цветном оперении птиц. Дорожка исчезла. Идти по преющим листьям и гнилым стволам упавших деревьев становилось все труднее. Штирнер помогал Эльзе преодолевать препятствия пути.

Со вчерашнего вечера Штирнер стал необычайно внимателен и любезен к Эльзе.

— Сколько продлится наше путешествие? — спросила Эльза, которая начала уже уставать. — Я думаю, звери живут далеко в глубине леса.

— А зачем нам искать их? — ответил Дугов. — Зверь сам должен бежать на ловца. Вот найдем полянку и покличем их.

Скоро они вышли на лесную поляну, ярко освещенную солнцем. Все невольно сощурились после полумрака чащи. Огромные красные и желтые, пятнистые цветы вроде тюльпанов покрывали поляну сплошным ковром.

— Какая прелесть! — воскликнула Эльза.

Все уселись, беспечно беседуя.

— Ну, пора, — сказал Дугов. Он вышел на самую середину поляны и остановился. Выдвинул несколько голову вперед и вверх. Лицо его сделалось серьезным и сосредоточенным. Он медленно стал поворачиваться во все стороны, как бы пронизывая взором чащу леса.

Вдруг Эльза вздрогнула. Где-то далеко она услышала рычанье льва, как отдаленный раскат грома. Ему ответило другое, третье...

— Клюет! — улыбаясь, сказал Качинский.

А Дугов продолжал медленно поворачиваться в той же сосредоточенной позе.

Рычанье все приближалось. В ветвях испуганно завозились и закричали обезьяны. Волнение охватило даже птиц: они вспорхнули с ветвей и перелетели выше.

Вот послышался хруст веток под мягкими, но тяжелыми шагами зверей.

Они идут отовсюду, окружают безоружных, беззащитных людей... Эльзе сделалось страшно. Что, если новое оружие окажется бессильным?.. Все они погибнут ужасной смертью!..

Штирнер заметил ее испуг, взял за руку и, глядя в ее глаза, сказал:

— Успокойтесь!

Ее волнение улеглось.

В это время огромный лев, ломая заросли, выбежал на поляну, зажмурился от яркого света и остановился. Потом он тихонько подошел к Дугову и, ласково рыча, потерся головой о его ноги. Дугов почесал его между ушей, и лев растянулся у ног укротителя. Послышалось что-то вроде мяуканья, и на поляну выбежала львица с двумя львятами. Они также улеглись у ног Дугова. Еще один лев прыгнул из леса огромным прыжком.

— Однако довольно! — сказал Дугов. — Наша яхта не поднимет всех этих гостей. Пожалуй, ты лишний, — обратился он к первому льву, похлопывая его по голове, — ты уже не так красив, иди назад, старина!

Лев лизнул огромным языком руку Дугова и побежал в чащу.

— А вот этот красавец, — продолжал Дугов, проведя рукой по спине огромного льва, прыгнувшего через всю поляну, — посмотрите, не шерсть, а настоящее золотое руно!.. А ты чего плачешь, маленький? Лапу занозил? Бедный малыш! Дай я тебе вытащу занозу.

Дугов вытащил из лапы звереныша большой шип колючего растения.

Львица спокойно смотрела на эту операцию.

— У них очень нежные лапы, — сказал Дугов, обращаясь к Эльзе, — и они часто страдают от заноз. Но почему же вы не подходите, фрау? Вы видите, они безопасны, как дети!

Эльза подошла и стала гладить львов. Они ласково ворчали, терлись головами и норовили лизнуть руку.

— Ну, пора и домой. Уже солнце склонилось на вечер. Где же наши проводники?

Одного из них нашел Качинский в густой траве. Бедный негр лежал как мертвый, парализованный страхом. Другой сбежал при первых звуках львиного рева. Но и тот, которого нашли, был мало способен служить проводником. Он дрожал так, что ожерелье из раковин, висящее на его шее, беспрерывно звенело. При виде львов он боялся шевельнуться. Качинский стал фиксировать его взглядом. Негр успокоился и пошел вперед.

На этот раз Дугов шел позади, а вслед за ним послушно, как собаки, следовали лев и львица с двумя детенышами.

Впереди шел проводник, за ним — Эльза со Штирнером, за Штирнером — Качинский.

В самой густой чаще, где было почти темно, над ними вдруг затрещали ветви деревьев. Штирнер вскрикнул и заслонил собой Эльзу. Огромный ягуар, прыгнувший на нее, упал на Штирнера и сбил его с ног. В ужасе вскрикнула и Эльза. Однако ягуар не растерзал Штирнера, как ожидала она, а внезапно убежал в чащу, поджав хвост, как побитая собака.

— Однако и наша охота не совсем безопасна! — послышался голос Дугова. — Вы не ранены, Штерн?

— Цел и невредим, — отвечал Штирнер, поднимаясь с земли. — Только изорван костюм.

— Вы можете теперь убедиться в силе нашего оружия, фрау Беккер, — сказал Качинский, подходя к Эльзе. — Ягуар не подвергался воздействию мысли и пытался напасть на нас. Но прежде чем он упал на Штерна, я уже успел дать зверю мысленный приказ убираться подобру-поздорову. И, как видите, он позорно бежал. Электромагнитные волны при излучении мысли летят со скоростью трехсот тысяч километров в секунду, то есть со скоростью света. Вы видите, что мы обладаем самым скорострельным оружием в мире. Довольно было стотысячной доли секунды, чтобы обезвредить врага.

— Но все же нам надо быть осторожнее, — сказал Штирнер, поглядывая на Эльзу. Он испугался не столько за себя, сколько за нее.

— Теперь не опасно, чаща редеет, мы скоро выйдем из леса, — ответил Дугов.

— Какие прекрасные попугаи! — воскликнула Эльза, когда ее волнение несколько улеглось.

— Ах, чуть было не забыл! — воскликнул Качинский. — Я обещал Ивину привезти его жене попугая. — И, выбрав на ветке самого красивого, он послал мысленный приказ. Попугай уселся на плечо Качинского.

Негр смотрел на Качинского с суеверным почтением.

Качинский заметил этот взгляд и рассмеялся.

— Для него, — он указал на негра, — мы высшие существа, всемогущие боги, способные творить чудеса. Так уж устроен человек: он или обожествляет, или отрицает то, чего не может понять.

— Это может показаться чудом не только для негра, — ответила Эльза.

— А между тем здесь нет никакого чуда, — сказал Дугов. — Всякая дрессировка животных основана на том, что мы вызываем и закрепляем у животных так называемые условные рефлексы. Наши успехи в передаче мысли на расстояние сделали только возможным сразу закреплять в сознании все, что мы желаем. Да, — продолжал он после паузы, — вспомните, Качинский, наши первые опыты: это была детская забава по сравнению с тем, что мы делаем теперь!

— Будьте справедливы к нашим первым опытам, — ответил Качинский. — Без них мы не имели бы нашего зоологического сада, которым восхищается весь мир.

— Что это за сад? — спросила Эльза.

— О, это стоит посмотреть! Огромная площадь в окрестностях Москвы остеклена и превращена в зимний сад необычайных размеров. Тропическая растительность привольно растет в этом саду. А среди цветов и растений расхаживают на воле львы, тигры, козы, антилопы, пантеры и дети — множество детей, которые проводят там целые дни, играя со зверями, катаясь на тиграх, возясь с молодыми львятами. Однако вот и конец нашего путешествия. Уже виден наш дом...

Появление необычайного шествия взволновало всех обитателей дома. Эмма, увидя приближавшихся львов, в ужасе вскрикнула и, подхватив ребенка, бросилась в дом, запирая двери и окна. Старая негритянка побежала с отчаянным криком к берегу. Шмитгоф упала в обморок. Ганс еле стоял на ногах. В конюшне хрипели и бились лошади, почуя диких зверей, а осел неистово ревел.

Но постепенно все улеглось. Эльза уговорила Эмму выйти на веранду и, чтобы ободрить подругу, стала возиться со львами. В конце концов даже маленький Отто осмелел и близко подошел к молодым львятам, не решаясь еще прикоснуться к ним.

— Не желаете ли, фрау Шпильман, — обратился Дугов к Эмме, — я оставлю вам одного льва? Он будет развлекать вашего сына и сторожить ваш дом.

— Благодарю вас, но... пожалуйста, уберите скорее их отсюда!

Дугов засмеялся, посмотрел на львов и перевел взгляд на матросов, сидевших у палатки. Матросы тотчас поднялись выполнять мысленное приказание. Они стали складывать палатку и готовить лодки к отплытию. Львы, медленно и осторожно ступая по каменистой дороге, спустились к берегу и улеглись на песке. Матросы перевезли их по одному на яхту.

— Вы уже уезжаете? — спросила Эльза печально.

— К сожалению, мы не можем оставаться долее. Нас ждет большой дирижабль. Но мы надеемся, что наше приятное знакомство этим не закончится. Мы будем изредка навещать вас, нам нужно будет много новых зверей для пополнения филиалов нашего сада, которые мы открыли в Харькове, Тифлисе и других городах. А еще лучше, если бы вы побывали у нас и посмотрели наши чудеса.

Эльза поклонилась.

Дугов подошел к Эмме:

— А вы, фрау, очень много потеряли, что не пошли с нами на охоту. Вы увидали бы много чудес. — Посмотрев на небо, где над заливом кружилось множество птиц, Дугов продолжал: — Впрочем, чтобы вознаградить вас за то, чего вы не видели на охоте, я могу показать вам одно "чудо".

Дугов стал смотреть на птиц.

Они тотчас изменили свой полет, выстраиваясь в треугольник. В таком порядке подлетели они к дому. Треугольник превратился в круг. Круг все расширялся и, отдаляясь, как бы растаял в воздухе, сливаясь с далью.

Эмма с восхищением всплеснула руками.

— Еще! Еще! — закричал мальчик.

Пока Дугов на прощанье потешал Эмму и ребенка, Штирнер, отойдя с Эльзой в сторону, горячо о чем-то говорил с нею. Эльза смущалась, краснела, но, видимо, была довольна словами Штирнера.

— Ну, нам пора! — сказал Дугов.

Все спустились к берегу. Качинский, Дугов и Штирнер уселись в шлюпку и взялись за весла.

— До свидания! — крикнул Штирнер, глядя на Эльзу, и взмахнул веслами.

В заходящих лучах солнца капли воды стекали с его весел, как капли красного хиосского вина. Вот шлюпка достигла яхты, и путешественники поднялись на нее. Паруса натянулись от попутного ветра. Гремит якорная цепь...

— До свидания! — еще раз донеслось до Эльзы. С яхты махали платками. Эмма, Эльза и мальчик махали в ответ.

У самого борта выстроились все львы, положив лапы на перила. Шерсть зверей в лучах заката казалась золотым руном. Новые аргонавты отплывали...

Дугов посмотрел на львов, и все они вдруг закивали головами и замахали лапами, как бы прощаясь с обитателями маленького домика. Мальчик и Эмма засмеялись. Улыбнулась и Эльза, хотя лицо ее было грустно.

Уже паруса яхты скрылись вдали, солнце опустилось в изумрудную гладь океана, которая быстро подергивалась пепельным оттенком, а две женщины и ребенок все еще стояли на берегу и глядели в ту сторону, где на поверхности океана переливался след от яхты.

— Да, пожалуй, действительно нам нужно поехать туда и посмотреть все эти чудеса, — наконец задумчиво сказала Эльза.

— Разумеется! — живо ответила Эмма. — Мы слишком засиделись здесь!

Эльза долго не могла уснуть в эту ночь. А когда под утро она задремала, то ей казалось, что она услышала голос Людвига, который звал ее.

— Да, да, милый Людвиг! — прошептала она сквозь сон.

Но Эльза ошиблась.

Не Штирнер, а Штерн думал в это время о ней.

Штерн сидел на палубе яхты, под южным звездным небом, на низком плетеном стуле, облокотившись на голову спящего льва. Луна уже зашла, от воды тянуло предутренним свежим ветерком, а он все еще не спал и думал о фрау Беккер, живущей в одиноком домике на берегу океана.

Мерная волна укачивала. Штерн склонил голову на косматую гриву льва и незаметно уснул.

Первый луч солнца осветил их — человека и льва.

Они мирно спали, даже не подозревая о тайниках их подсознательной жизни, куда сила человеческой мысли загнала все, что было в них страшного и опасного для окружающих.

www.ingramcontent.com/pod-product-compliance
Lightning Source LLC
LaVergne TN
LVHW030216230826
846093LV00010B/480